독립운동
100주년 시집

독립운동
100주년 시집

한용운
이상화
심훈
김영랑
이육사
윤동주

지음

님의 침묵 / 빼앗긴 들에도 봄은 오는가 / 그날이 오면

모란이 피기까지는 / 광야 / 쉽게 씌어진 시

스타북스

독립운동가 여섯 분의 민족시와 저항시 그리고 서정시 100편

한용운, 이상화, 심훈, 김영랑, 이육사, 윤동주,
이렇게 여섯 분 독립시인들의 민족혼이 담긴 저항 시와
감성을 되살리는 주옥같은 서정시 100편을 만난다

 백 년 전 1919년은 대한민국 역사에서 우리 민족의 독립의지가 가장 역동적으로 표출된 의미 있는 해라 할 수 있다.

 고종이 1월 21일 서거하고 독살 의혹으로 번지면서 2월 8일 독립선언으로 이어진다. 드디어 3월 1일 독립운동이 기폭제가 되어 전국적으로 확산된다. 그리고 4월 10일 임정요원들이 대한제국에서 대한민국으로 투표를 통하여 국호를 정하고 4월 11일 상해임시정부가 수립되는 100주년이 올해 2019년이다.

이 시집은 독립운동 100주년을 기념하기 위해 한국인이라면 누구나 좋아하는 시인이자 독립운동가인 6분의 시에서 대표적인 시 100편을 선정하여 실었다.

시를 통해 자유의 종을 만천하에 울린 독립운동 시인들

님의 침묵, 빼앗긴 들에도 봄은 오는가, 그날이 오면, 모란이 피기까지는, 광야, 쉽게 씌어진 시 등등 독립정신을 고취시키고 감성을 되살리는 민족시와 저항시 그리고 주옥같은 서정시 100편을 서울시인협회와 함께 선정하여 수록하였다.

100년 전 지금도 우리가 좋아하는 시인들이 독립운동을 하며 감옥에서 겪었을 고통과 함께 대한민국 독립을 위해 헌신한 마음을 헤아려보고 독립정신을 되새기고자 시집을 기획하게 되었다.

독립시인들의 시를 읽으면서 그 시대 우리 민족의 어둡고 힘들었던 삶을 기억하고 반추해보면서, 100년이 지난 오늘을 살고 있는 우리 자신을 되돌아보는 기회와 미래에 대한 통찰과 함께 도약의 계기를 다지기 바란다.

기미독립선언문 己未獨立宣言文

吾等(오등)은 玆(자)에 我(아) 朝鮮(조선)의 獨立國(독립국)임과 朝鮮人(조선인)의 自主民(자주민)임을 宣言(선언)하노라. 此(차)로써 世界萬邦(세계 만방)에 告(고)하야 人類平等(인류 평등)의 大義(대의)를 克明(극명)하며, 此(차)로써 子孫萬代(자손만대)에 誥(고)하야 民族自存(민족 자존)의 政權(정권)을 永有(영유)케 하노라.

우리 조선은 이에 우리 조선이 독립한 나라임과 조선 사람이 자주

적인 민족임을 선언하노라. 이로써 세계 모든 나라에 알려 인류가 평등하다는 큰 뜻을 똑똑히 밝히며, 이로써 자손 만대에 일러, 민족의 독자적 생존의 정당한 권리를 영원히 누리도록 하노라.

半萬年(반만년) 歷史(역사)의 權威(권위)를 仗(장)하야 此(차)를 宣言(선언)함이며, 二千萬(이천만) 民衆(민중)의 誠忠(성충)을 合(합)하야 此(차)를 佈明(포명)함이며, 民族(민족)의 恒久如一(항구여일)한 自由發展(자유발전)을 爲(위)하야 此(차)를 主張(주장)함이며, 人類的(인류적) 良心(양심)의 發露(발로)에 基因(기인)한 世界改造(세계개조)의 大機運(대기운)에 順應幷進(순응병진)하기 爲(위)하야 此(차)를 提起(제기)함이니, 是(시)ㅣ 天(천)의 明命(명명)이며, 時代(시대)의 大勢(대세)ㅣ며, 全人類(전 인류) 共存 同生權(공존 동생권)의 正當(정당)한 發動(발동)이라, 天下何物(천하 하물)이던지 此(차)를 沮止抑制(저지 억제)치 못할지니라.

반 만 년 역사의 권위를 의지하여 이를 선언함이며, 2천 만 민중의 충성을 모아 이를 두루 펴 밝히며, 겨레의 한결같은 자유 발전을 위하여 이를 주장함이며, 인류가 가진 양심의 발로에 뿌리

기미독립선언문

박은 세계 개조의 큰 움직임에 순응해 나가기 위하여 이를 내세움이니, 이는 하늘의 분명한 명령이며 시대의 큰 추세이며, 온 인류가 더불어 같이 살아갈 권리의 정당한 발동이기에, 하늘 아래 그 무엇도 이를 막고 억누르지 못할 것이니라.

舊時代(구시대)의 遺物(유물)인 侵略主義(침략주의), 强權主義(강권주의)의 犧牲(희생)을 作(작)하야 有史以來(유사이래) 累千年(누천 년)에 처음으로 異民族(이민족) 箝制(겸제)의 痛苦(통고)를 嘗(상)한 지 今(금)에 十年(십 년)을 過(과)한지라. 我(아) 生存權(생존권)의 剝喪(박상)됨이 무릇 幾何(기하) | 며, 心靈上(심령상) 發展(발전)의 障애(장애)됨이 무릇 幾何(기하) | 며, 民族的(민족적) 尊榮(존영)의 毁損(훼손)됨이 무릇 幾何(기하) | 며, 新銳(신예)와 獨創(독창)으로써 世界文化(세계문화)의 大潮流(대조류)에 寄與補裨(기여보비)할 奇緣(기연)을 遺失(유실)함이 무릇 幾何(기하) | 뇨.

낡은 시대의 유물인 침략주의, 강권주의에 희생되어, 역사 있은 지 몇 천 년 만에 처음으로 다른 민족에게 억눌려 고통을 겪은 지 이제 십 년이 지났는지라, 우리 생존권을 빼앗겨 잃은 것이 무릇 얼마이며, 겨레의 존엄과 영예가 손상된 일이 무릇 얼마이며, 새롭고 날카로운 기백과 독창력으로써 세계 문화의 큰 물결에 이바지할 기회를 잃은 것이 무릇 얼마인가!

噫(희)라, 舊來(구래)의 抑鬱(억울)을 宣暢(선창)하려 하면, 時下(시하)의 苦痛(고통)을 파탈하려하면 장래의 협위를 삼제하려 하면, 民族的(민족적) 良心(양심)과 國家的(국가적) 廉義(염의)의 壓縮銷殘(압축소잔)을 興奮伸張(흥분신장)하려 하면, 各個(각개) 人格(인격)의 正當(정당)한 發達(발달)을 遂(수)하려 하면, 可憐(가련)한 子弟(자제)에게 苦恥的(고치적) 財産(재산)을 遺與(유여)치 안이하려 하면, 子子孫孫(자자손손)의 永久完全(영구완전)한 慶福(경복)을 導迎(도영)하려 하면, 最大急務(최대급무)가 民族的(민족적) 獨立(독립)을 確實(확실)케 함이니, 二千萬(이천만) 各個(각개)가 人(인)마다 方寸(방촌)의 刃(인)을 懷(회)하고, 人類通性(인류통성)과 時代良心(시대양심)이 正義(정의)의 軍(군)과 人道(인도)의 干戈(간과)로써 護援(호원)하는 今日(금일), 吾人(오인)은 進(진)하야 取(취)하매 何强(하강)을 挫(좌)치 못하랴. 退(퇴)하야 作(작)하매 何志(하지)를 展(전)치 못하랴.

오호, 예로부터의 억울함을 떨쳐 펴려면, 지금의 괴로움을 벗어나려면, 앞으로의 위협을 없이 하려면, 겨레의 양심과 나라의 체모가 도리어 짓눌려 시든 것을 키우려면, 사람마다 제 인격을 올바르게 가꾸어 나가려면, 가엾은 아들딸들에게 괴롭고 부끄러운 유산을 물려주지 아니하려면, 자자손손이 완전한 경사와 행복을 길이 누리도록 이끌어 주려면, 가장 크고 급한 일이 겨레의 독립을 확실하게 하는 것이니, 2천만 각자가 사람마다 마음의 칼날을 품고, 인류의 공통된 성품과 시대의 양심이 정의의 군대와 인도의 무기로써 지켜 도와주는 오늘날, 우리는 나아가 얻고자 하매 어떤 힘인들 꺾지 못하랴? 물러가서 일을 꾀함에 무슨 뜻인들 펴지 못하랴?

丙子修好條規(병자 수호 조규) 以來(이래) 時時種種(시시종종)의 金石盟約(금석맹약)을 食(식)하얏다 하야 日本(일본)의 無信(무신)을 罪(죄)하려 안이 하노라. 學者(학자)는 講壇(강단)에서, 政治家(정치가)는 實際(실제)에서, 我(아) 祖宗世業(조종세업)을 植民地視(식민지시)하고, 我(아) 文化民族(문화민족)을 土昧人遇(토매인우)하야, 한갓 征服者(정복자)의 快(쾌)를 貪(탐)할 뿐이오, 我(아)의 久

遠(구원)한 社會基礎(사회기초)와 卓락(탁락)한 民族心理(민족심리)를 無視(무시)한다 하야 日本(일본)의 少義(소의)함을 責(책)하려 안이 하노라. 自己(자기)를 策勵(책려)하기에 急(급)한 吾人(오인)은 他(타)의 怨尤(원우)를 暇(가)치 못하노라. 現在(현재)를 綢繆(주무)하기에 急(급)한 吾人(오인)은 宿昔(숙석)의 懲辯(징변)을 暇(가)치 못하노라.

병자 수호 조약 이후 때때로, 굳게 맺은 갖가지 약속을 저버렸다 하여 일본의 신의 없음을 죄주려 하지 아니 하노라. 학자는 강단에서 정치가는 실제에서, 우리 옛 왕조 대대로 물려 온 터전을 식민지로 보고, 우리 문화 민족을 마치 미개한 사람들처럼 대우하여, 한갓 정복자의 쾌감을 탐할 뿐이요, 우리의 오랜 사회 기초와 뛰어난 겨레의 마음가짐을 무시한다 하여, 일본의 의리 적음을 꾸짖으려 하지 아니하노라. 우리 스스로를 채찍질하기에 바쁜 우리는 남을 원망할 겨를을 갖지 못하노라. 현재를 준비하기에 바쁜 우리는 묵은 옛일을 응징하고 가릴 겨를도 없노라.

今日(금일) 吾人(오인)의 所任(소임)은 다만 自己(자기)의 建設(건

기미독립선언문

설)이 有(유)할 뿐이오, 決(결)코 他(타)의 破壞(파괴)에 在(재)치 안이하도다. 嚴肅(엄숙)한 良心(양심)의 命令(명령)으로써 自家(자가)의 新運命(신운명)을 開拓(개척)함이오, 決(결)코 舊怨(구원)과 一時的(일시적) 感情(감정)으로써 他(타)를 嫉逐排斥(질축배척)함이 안이로다. 舊思想(구사상), 舊勢力(구세력)에 기미(기미)된 日本(일본) 爲政家(위정가)의 功名的(공명적) 犧牲(희생)이 된 不自然(부자연), 又(우) 不合理(불합리)한 錯誤狀態(착오상태)를 改善匡正(개선광정)하야, 自然(자연), 又(우) 合理(합리)한 政經大原(정경대원)으로 歸還(귀환)케 함이로다.

오늘 우리의 할 일은 다만 자기 건설이 있을 뿐이요, 결코 남을 파괴하는 데 있는 것이 아니로다. 엄숙한 양심의 명령으로써 자기의 새 운명을 개척함이요, 결코 묵은 원한과 한 때의 감정으로써 남을 시기하고 배척하는 것이 아니로다. 낡은 사상과 낡은 세력에 얽매여 있는 일본 정치가들의 공명심에 희생된, 부자연스럽고 불합리한, 그릇된 상태를 고쳐서 바로잡아, 자연스럽고 합리적인 바른 길, 큰 으뜸으로 돌아오게 함이로다.

朝鮮民族代表

白龍城
崔秉憲
李種勳
孫秉熙
李明龍
羅龍煥
李中彦

當初(당초)에 民族的(민족적) 要求(요구)로서 出(출)치 안이한 兩國倂合(양국병합)의 結果(결과)가, 畢竟(필경) 姑息的(고식적) 威壓(위압)과 差別的(차별적) 不平(불평)과 統計數字上(통계숫자상) 虛飾(허식)의 下(하)에서 利害相反(이해상반)한 兩(양) 民族間(민족간)에 永遠(영원)히 和同(화동)할 수 없는 怨溝(원구)를 去益深造(거익심조)하는 今來實積(금래실적)을 觀(관)하라. 勇明果敢(용명과감)으로써 舊誤(구오)를 廓正(확정)하고, 眞正(진정)한 理解(이해)와 同情(동정)에 基本(기본)한 友好的(우호적) 新局面(신국면)을 打開(타개)함이 彼此間(피차간) 遠禍召福(원화소복)하는 捷徑(첩경)임을 明知(명지)할 것 안인가.

당초에 민족의 요구로서 나온 것이 아닌 두 나라의 병합의 결과가 마침내 한때의 위압과 민족 차별의 불평등과 거짓으로 꾸민 통계 숫자에 의하여, 서로 이해가 다른 두 민족 사이에 영원히 화합할 수 없는 원한의 구덩이를 더욱 깊게 만드는 지금까지의 실적을 보라! 용감하고 밝고 과감한 결단으로 지난날의 잘못을 바로잡고, 참된 이해와 한 뜻에 바탕한 우호적인 새 판국을 열어 나가는 것이 피차간에 화를 멀리하고 복을 불러들이는 가까운

기미독립선언문

길임을 밝히 알아야 할 것이 아닌가?

또 二千萬(이천만) 含憤蓄怨(함분축원)의 民(민)을 威力(위력)으로써 拘束(구속)함은 다만 東洋(동양)의 永久(영구)한 平和(평화)를 保障(보장)하는 所以(소이)가 안일 뿐 안이라, 此(차)로 因(인)하야 東洋安危(동양안위)의 主軸(주축)인 四億萬(사억만) 支那人(지나인)의 日本(일본)에 對(대)한 危懼(위구)와 猜疑(시의)를 갈스록 濃厚(농후)케 하야, 그 結果(결과)로 東洋(동양) 全局(전국)이 共倒同亡(공도동망)의 悲運(비운)을 招致(초치)할 것이 明(명)하니, 今日(금일) 吾人(오인)의 朝鮮獨立(조선독립)은 朝鮮人(조선인)으로 하여금 邪路(사로)로서 出(출)하야 東洋(동양) 支持者(지지자)인 重責(중책)을 全(전)케 하는 것이며, 支那(지나)로 하여금 夢寐(몽매)에도 免(면)하지 못하는 不安(불안), 恐怖(공포)로서 脫出(탈출)케 하는 것이며, 또 東洋平和(동양평화)로 重要(중요)한 一部(일부)를 삼는 世界平和(세계평화), 人類幸福(인류행복)에 必要(필요)한 階段(계단)이 되게 하는 것이라. 이 엇지 區區(구구)한 感情上(감정상) 問題(문제) | 리오.

또 울분과 원한이 쌓인 2천만 국민을 위력으로써 구속하는 것은 다만 동양의 영구한 평화를 보장하는 길이 아닐 뿐 아니라, 이로 말미암아 동양의 안전과 위태를 좌우하는 굴대인 4억 중국 사람들의, 일본에 대한 두려움과 새암을 갈수록 짙게 하여, 그 결과로 동양의 온 판국이 함께 쓰러져 망하는 비참한 운명을 불러올 것이 분명하니, 오늘날 우리 조선 독립은 조선 사람으로 하여금 정당한 삶의 번영을 이루게 하는 동시에, 일본으로 하여금 그릇된 길에서 벗어나 동양을 지지하는 자의 무거운 책임을 다하게 하는 것이며, 중국으로 하여금 꿈에도 면하지 못하는 불안과 공포로부터 벗어나게 하는 것이며, 또 동양 평화로 그 중요한 일부를 삼는 세계 평화와 인류 행복에 필요한 계단이 되게 하는 것이라. 이 어찌 구구한 감정상의 문제리요?

아아, 新天地(신천지)가 眼前(안전)에 展開(전개)되도다. 威力(위력)의 時代(시대)가 去(거)하고 道義(도의)의 時代(시대)가 來(내) 하도다. 過去(과거) 全世紀(전세기)에 鍊磨長養(연마장양)된 人道的(인도적) 精神(정신)이 바야흐로 新文明(신문명)의 曙光(서광)을 人類(인류)의 歷史(역사)에 投射(투사)하기 始(시)하도다. 新春(신춘)

기미독립선언문

이 世界(세계)에 來(내)하야 萬物(만물)의 回蘇(회소)를 催促(최촉)하는도다. 凍氷寒雪(동빙한설)에 呼吸(호흡)을 閉蟄(폐칩)한 것이 彼一時(피일시)의 勢(세)ㅣ라 하면 和風暖陽(화풍난양)에 氣脈(기맥)을 振舒(진서)함은 此一時(차일시)의 勢(세)ㅣ니, 天地(천지)의 復運(복운)에 際(제)하고 世界(세계)의 變潮(변조)를 乘(승)한 吾人(오인) 아모 주저(주저)할 것 업스며, 아모 忌憚(기탄)할 것 업도다. 我(아)의 固有(고유)한 自由權(자유권)을 護全(호전)하야 生旺(생왕)의 樂(낙)을 飽享(포향)할 것이며, 我(아)의 自足(자족)한 獨創力(독창력)을 發揮(발휘)하야 春滿(춘만)한 大界(대계)에 民族的(민족적) 精華(정화)를 結紐(결뉴)할지로다.

아아! 새 천지가 눈앞에 펼쳐지도다. 힘의 시대가 가고 도의의 시대가 오도다. 지난 온 세기에 갈고 닦아 키우고 기른 인도의 정신이 바야흐로 새 문명의 밝아오는 빛을 인류의 역사에 쏘아 비추기 시작하도다. 새 봄이 온누리에 찾아들어 만물의 소생을 재촉하는도다. 얼어붙은 얼음과 찬 눈에 숨도 제대로 쉬지 못하는 것이 저 한때의 형세라 하면, 화창한 봄바람과 따뜻한 햇볕에 원기와 혈맥을 떨쳐 펴는 것은 이 한때의 형세이니, 하늘과 땅에

새 기운이 되돌아오는 때를 맞고, 세계 변화의 물결을 탄 우리는
아무 머뭇거릴 것 없으며, 아무 거리낄 것 없도다. 우리의 본디
부터 지녀온 자유권을 지켜 풍성한 삶의 즐거움을 실컷 누릴 것
이며, 우리의 풍부한 독창력을 발휘하여 봄기운 가득한 온누리
에 민족의 정화를 맺게할 것이로다.

吾等(오등)이 滋(자)에 奮起(분기)하도다. 良心(양심)이 我(아)와 同
存(동존)하며 眞理(진리)가 我(아)와 幷進(병진)하는도다. 男女老
少(남녀노소) 업시 陰鬱(음울)한 古巢(고소)로서 活潑(활발)히 起來
(기래)하야 萬彙군象(만휘군상)으로 더부러 欣快(흔쾌)한 復活(복
활)을 成遂(성수)하게 되도다. 千百世(천 백세) 祖靈(조령)이 吾等
(오등)을 陰佑(음우)하며 全世界(전세계) 氣運(기운)이 吾等(오등)을
外護(외호)하나니, 着手(착수)가 곳 成功(성공)이라. 다만, 前頭(전
두)의 光明(광명)으로 驀進(맥진)할 따름인뎌.

우리가 이에 떨쳐 일어나도다. 양심이 우리와 함께 있으며, 진리
가 우리와 더불어 나아가는도다. 남녀노소 없이 음침한 옛집에
서 힘차게 뛰쳐나와 삼라만상과 더불어 즐거운 부활을 이루어내

게 되도다. 천만세 조상들의 넋이 은밀히 우리를 지키며, 전세계의 움직임이 우리를 밖에서 보호하나니. 시작이 곧 성공이라, 다만 저 앞의 빛으로 힘차게 나아갈 따름이로다.

公約三章(공약 삼 장)

一. 今日(금일) 吾人(오인)의 此擧(차거)는 正義(정의), 人道(인도), 生存(생존), 尊榮(존영)을 爲(위)하는 民族的(민족적) 要求(요구) ㅣ니, 오즉 自由的(자유적) 精神(정신)을 發揮(발휘)할 것이오, 決(결)코 排他的(배타적) 感情(감정)으로 逸走(일주)하지 말라.

一. 最後(최후)의 一人(일인)까지, 最後(최후)의 一刻(일각)까지 民族(민족)의 正當(정당)한 意思(의사)를 快(쾌)히 發表(발표)하라.

一. 一切(일체)의 行動(행동)은 가장 秩序(질서)를 尊重(존중)하야, 吾人(오인)의 主張(주장)과 態度(태도)로 하여금 어대까지던지 光明正大(광명정대)하게 하라.

공약 3장

하나. 오늘 우리들의 이 거사는 정의 인도 생존 번영을 위하는
   겨레의 요구이니, 오직 자유의 정신을 발휘할 것이요, 결코

배타적 감정으로 치닫지 말라.

하나. 마지막 한 사람에 이르기까지, 마지막 한 순간에 다다를

　　　때까지, 민족의 정당한 의사를 시원스럽게 발표하라.

하나. 모든 행동은 가장 질서를 존중하여, 우리들의 주장과 태도

　　　를 어디까지나 떳떳하고 정당하게 하라.

조선 나라를 세운 지 사천이백오십이년 되는 해 삼월 초하루

　　조선 민족 대표

　　손병희 길선주 이필주 백용성 김완규 김병조 김창준

　　권동진 권병덕 나용환 나인협 양전백 양한묵 유여대

　　이갑성 이명룡 이승훈 이종훈 이종일 임예환 박준승

　　박희도 박동완 신홍식 신석구 오세창 오화영 정춘수

　　최성모 최　린 한용운 홍병기 홍기조

 한용운

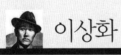

이상화

심훈

김영랑

이육사

윤동주

한용운

韓龍雲 1879.8.29.~1944.6.29.

불교를 대표하는 3.1 독립운동의 주역이자 독립시인이다. 일제강점기 때
시집《님의 침묵》을 출판하여 저항문학에 앞장섰고, 불교를 통한 청년운동
을 강화하였다. 당시의 무능한 불교를 개혁하려고 노력하면서 불교의 현
실참여를 주장하였다. 주요 저서로《조선불교유신론》등이 있다.

님의 침묵
당신을 보았습니다
알 수 없어요
이별은 미의 창조
찬송
거짓 이별
수의 비밀
논개의 애인이 되어서 그의 묘에
해당화
나룻배와 행인
복종
나는 잊고자
길이 막혀
차라리
당신은
밤은 고요하고
사랑하는 까닭

님의 침묵

님은 갔습니다. 아아, 사랑하는 나의 님은 갔습니다.

푸른 산빛을 깨치고 단풍나무 숲을 향하여 난 작은 길을 걸어서 차마 떨치고 갔습니다.

황금의 꽃같이 굳고 빛나던 옛 맹세는 차디찬 티끌이 되어서 한숨의 미풍에 날아갔습니다.

날카로운 첫 키스의 추억은 나의 운명의 지침을 돌려놓고 뒷걸음쳐서 사라졌습니다.

나는 향기로운 님의 말소리에 귀먹고 꽃다운 님의 얼굴에 눈멀었습니다.

사랑도 사람의 일이라 만날 때에 미리 떠날 것을 염려하고 경계하지 아니한 것은 아니지만

이별은 뜻밖의 일이 되고 놀란 가슴은 새로운 슬픔에 터집니다.

그러나 이별을 쓸데없는 눈물의 원천을 만들고 마는 것은 스스로 사랑을 깨치는 것인 줄 아는 까닭에 걷잡을 수 없는 슬픔의 힘을 옮겨서 새 희망의 정수박이에 들어부었습니다.

우리는 만날 때에 떠날 것을 염려하는 것과 같이 떠날 때에 다시 만날 것을 믿습니다.

아아, 님은 갔지마는 나는 님을 보내지 아니하였습니다.

제 곡조를 못 이기는 사랑의 노래는 님의 침묵을 휩싸고 돕니다.

한용운

님의 침묵

당신을 보았습니다

당신이 가신 뒤로 나는 당신을 잊을 수가 없습니다.

까닭은 당신을 위하느니보다 나를 위함이 많습니다.

나는 갈고 심을 땅이 없으므로 추수가 없습니다.

저녁거리가 없어서 조나 감자를 꾸러 이웃집에 갔더니 주인은

'거지는 인격이 없다. 인격이 없는 사람은 생명이 없다. 너를 도

와주는 것은 죄악이다.'고 말하였습니다.

그 말을 듣고 돌아 나올 때에 쏟아지는 눈물 속에서 당신을 보았

습니다.

나는 집도 없고 다른 까닭을 겸하여 민적(民籍)이 없습니다.

'민적 없는 자는 인권이 없다. 인권이 없는 너에게 무슨 정조(貞

操)냐.'하고 능욕하려는 장군이 있었습니다.

그를 항거한 뒤에 남에게 대한 격분이 스스로의 슬픔으로 화(化)

하는 찰나에 당신을 보았습니다.

아아, 온갖 윤리, 도덕, 법률은 칼과 황금을 제사 지내는 연기(煙

氣)인 줄을 알았습니다.

영원의 사랑을 받을까, 인간 역사의 첫 페이지에 잉크 칠을 할

까, 술을 마실까 망설일 때에 당신을 보았습니다.

알 수 없어요

바람도 없는 공중에 수직의 파문을 내이며 고요히 떨어지는 오동잎은 누구의 발자취입니까.

지리한 장마 끝에 서풍이 몰려가는 무서운 검은 구름의 터진 틈으로 언뜻언뜻 보이는 푸른 하늘은 누구의 얼굴입니까.

꽃도 없는 깊은 나무에 푸른 이끼를 거쳐서 옛 탑 위의 고요한 하늘을 스치는 알 수 없는 향기는 누구의 입김입니까.

근원은 알지도 못할 곳에서 나서 돌부리를 올리고 가늘게 흐르는 작은 시내는 굽이굽이 누구의 노래입니까.

연꽃 같은 발꿈치로 가이없는 바다를 밟고 옥 같은 손으로 끝없는 하늘을 만지면서 떨어지는 날을 곱게 단장하는 저녁놀은 누구의 시(詩)입니까.

타고 남은 재가 다시 기름이 됩니다. 그칠 줄을 모르고 타는 나의 가슴은 누구의 밤을 지키는 약한 등불입니까.

알 수 없어요

이별은 미美의 창조

이별은 미의 창조입니다.

이별의 미는 아침의 바탕 없는 황금과 밤의 올 없는 검은 비단과

죽음 없는 영원한 생명과 시들지 않는 하늘의 푸른 꽃에도 없습

니다.

님이여, 이별이 아니면 나는 눈물에서 죽었다가 웃음에서 다시

살아날 수가 없습니다. 오오, 이별이여.

미는 이별의 창조입니다.

찬송 讚頌

님이여, 당신은 백 번이나 단련한 금결입니다.

뽕나무 뿌리가 산호(珊瑚)가 되도록 천국의 사랑을 받읍소서.

님이여, 사랑이여, 아침볕의 첫걸음이여.

님이여, 당신의 의(義)가 무겁고, 황금이 가벼운 것을 잘 아십니다.

거지의 거친 밭에 복의 씨를 뿌리옵소서.

님이여, 사랑이여, 옛 오동(梧桐)의 숨은 소리여.

님이여, 당신은 봄과 광명과 평화를 좋아하십니다.

약자의 가슴에 눈물을 뿌리는 자비의 보살이 되옵소서.

님이여, 사랑이여, 얼음 바다에 봄바람이여.

거짓
이별

당신과 나와 이별한 때가 언제인지 아십니까.

가령 우리가 좋을 대로 말하는 것과 같이 거짓 이별이라 할지라도 나의 입술이 당신의 입술에 닿지 못하는 것은 사실입니다.

이 거짓 이별은 언제나 우리에게서 떠날 것인가요.

한 해 두 해 가는 것이 얼마 아니 된다고 할 수가 없습니다.

시들어가는 두 볼의 도화(桃花)가 무정한 봄바람에 몇 번이나 스쳐서 낙화가 될까요.

회색이 되어가는 두 귀 밑의 푸른 구름이 쬐는 가을볕에 얼마나 바래서 백설이 될까요.

한
용
운

머리는 희어가도 마음은 붉어갑니다.

피는 식어가도 눈물은 더워갑니다.

사랑의 언덕엔 사태가 나도 희망의 바다엔 물결이 뛰놀아요.

이른바 거짓 이별이 언제든지 우리에게서 떠날 줄만은 알아요.

그러나 한 손으로 이별을 가지고 가는 날은 또 한 손으로 죽음을 가지고 와요.

거짓 이별

수繡의 비밀

나는 당신의 옷을 다 지어놓았습니다.

심의(深衣)도 짓고 도포도 짓고 자리옷도 지었습니다.

짓지 아니한 것은 작은 주머니에 수놓은 것뿐입니다.

그 주머니는 나의 손때가 많이 묻었습니다.

짓다가 놓아두고 짓다가 놓아두고 한 까닭입니다.

다른 사람들은 나의 바느질 솜씨가 없는 줄로 알지마는 그러한
비밀은 나밖에는 아는 사람이 없습니다.

나는 마음이 아프고 쓰린 때에 주머니에 수를 놓으려면 나의 마
음은 수놓는 금실을 따라서 바늘구멍으로 들어가고 주머니 속에
서 맑은 노래가 나와서 나의 마음이 됩니다.

그리고 아직 이 세상에는 그 주머니에 넣을 만한 무슨 보물이 없
습니다.

이 작은 주머니는 짓기 싫어서 짓지 못하는 것이 아니라 짓고 싶
어서 다 짓지 않는 것입니다.

수繡의 비밀

논개의 애인이 되어서 그의 묘에

날과 밤으로 흐르고 흐르는 남강은 가지 않습니다.

바람과 비에 우두커니 서 있는 촉석루는 살 같은 광음을 따라서
달음질칩니다.

논개여 나에게 울음과 웃음을 동시에 주는 사랑하는 논개여.

그대는 조선의 무덤 가운데 피었던 좋은 꽃의 하나이다. 그래서
그 향기는 썩지 않는다.

나는 시인으로 그대의 애인이 되었노라.

그대는 어데 있느뇨, 죽지 않은 그대가 이 세상에는 없구나.

나는 황금의 칼에 베어진 꽃과 같이 향기롭고 애처로운 그대의
당년(當年)을 회상한다.

술 향기에 목마친 고요한 노래는 옥에 묻힌 썩은 칼을 울렸다.

춤추는 소매를 안고 도는 무서운 찬바람은 귀신 나라의 꽃수풀
을 거쳐서 떨어지는 해를 얼렸다.

가냘픈 그대의 마음은 비록 침착하였지만 떨리는 것보다도 더욱
무서웠다.

아름답고 무독(無毒)한 그대의 눈은 비록 웃었지만 우는 것보다
도 더욱 슬펐다.

붉은 듯하다가 푸르고 푸른 듯하다가 희어지며 가늘게 떨리는
그대의 입술은 웃음의 조운(朝雲)이냐, 울음의 모우(暮雨)이냐,

한용운

논개의 애인이 되어서 그의 묘에

새벽달의 비밀이냐, 이슬꽃의 상징이냐.

빠비(파리 玻璃) 같은 그대의 손에 꺾기우지 못한 낙화대에 남은 꽃은 부끄럼에 취하여 얼굴이 붉었다.

옥 같은 그대의 발꿈치에 밟힌 강 언덕의 묵은 이끼는 교긍(驕矜)에 넘쳐서 푸른 사롱(紗籠)으로 자기의 제명(題名)을 가리었다.

아아, 나는 그대도 없는 빈 무덤 같은 집을 그대의 집이라고 부릅니다.

만일 이름뿐이나마 그대의 집도 없으면 그대의 이름을 불러 볼 기회가 없는 까닭입니다.

나는 꽃을 사랑합니다마는 그대의 집에 피어 있는 꽃을 꺾을 수는 없습니다.

그대의 집에 피어 있는 꽃을 꺾으려면 나의 창자가 먼저 꺾어지는 까닭입니다.

나는 꽃을 사랑합니다마는 그대의 집에 꽃을 심을 수는 없습니다.

그대의 집에 꽃을 심으려면 나의 가슴에 가시가 먼저 심어지는 까닭입니다.

용서하여요, 논개여, 금석(金石) 같은 굳은 언약을 저버린 것은 그대가 아니요, 나입니다.

용서하여요, 논개여, 쓸쓸하고 호젓한 잠자리에 외로이 누워서 끼친 한에 울고 있는 것은 내가 아니요, 그대입니다.

나의 가슴에 '사랑'의 글자를 황금으로 새겨서 그대의 사당에 기념비를 세운들 그대에게 무슨 위로가 되오리까.

나의 노래에 '눈물'의 곡조를 낙인으로 찍어서 그대의 사당에 제종(祭鍾)을 울린대도 나에게 무슨 속죄가 되오리까.

나는 다만 그대의 유언대로 그대에게 다하지 못한 사랑을 영원히 다른 여자에게 주지 아니할 뿐입니다. 그것은 그대의 얼굴과 같이 잊을 수가 없는 맹세입니다.

용서하여요, 논개여, 그대가 용서하면 나의 죄는 신에게 참회를 아니한대도 사라지겠습니다.

천추(千秋)에 죽지 않는 논개여

하루도 살 수 없는 논개여

그대를 사랑하는 나의 마음이 얼마나 즐거우며 얼마나 슬프겠는가

나는 웃음이 겨워서 눈물이 되고 눈물이 겨워서 웃음이 됩니다.

용서하여요, 사랑하는 오오 논개여.

해
당
화

당신은 해당화가 피기 전에 오신다고 하였습니다. 봄은 벌써 늦었습니다.

봄이 오기 전에는 어서 오기를 바랐더니 봄이 오고 보니 너무 일찍 왔나 두려워합니다.

철모르는 아이들은 뒷동산에 해당화가 피었다고 다투어 말하기로 듣고도 못 들은 체하였더니,

야속한 봄바람은 나는 꽃을 불어서 경대 위에 놓입니다, 그려.

시름없이 꽃을 주워서 입술에 대고 '너는 언제 피었니'하고 물었습니다.

꽃은 말도 없이 나의 눈물에 비쳐서 둘이 되고 셋도 됩니다.

해당화

나룻배와 행인

나는 나룻배

당신은 행인

한
용
운

당신은 흙발로 나를 짓밟습니다.

나는 당신을 안고 물을 건너갑니다.

나는 당신을 안으면 깊으나 얕으나 급한 여울이나 건너갑니다.

만일 당신이 아니 오시면 나는 바람을 쐬고 눈비를 맞으며 밤에

서 낮까지 당신을 기다리고 있습니다.

당신은 물만 건너면 나를 돌아보지도 않고 가십니다, 그려.

그러나 당신이 언제든지 오실 줄만은 알아요.

나는 당신을 기다리면서 날마다날마다 낡아갑니다.

나는 나룻배

당신은 행인.

나룻배와 행인

복종 服從

남들은 자유를 사랑한다지만 나는 복종을 좋아하여요.

자유를 모르는 것은 아니지만 당신에게만은 복종만 하고 싶어요.

복종하고 싶은데 복종하는 것은 아름다운 자유보다도 달콤합니다. 그것이 나의 행복입니다.

한용운

그러나 당신이 나더러 다른 사람을 복종하라면 그것만은 복종할 수가 없습니다.

다른 사람을 복종하려면 당신에게 복종할 수가 없는 까닭입니다.

복종 服從

나는 잊고자

남들은 님을 생각한다지만

나는 님을 잊고자 하여요.

잊고자 할수록 생각하기로

행여 잊힐까 하고 생각하여 보았습니다.

잊으려면 생각하고

생각하면 잊히지 아니하니

잊도 말고 생각도 말아볼까요.

잊든지 생각든지 내버려 두어볼까요.

그러나 그리도 아니되고

끊임없는 생각생각에 님뿐인데 어찌하여요.

구태여 잊으려면

잊을 수가 없는 것은 아니지만

잠과 죽음뿐이기로

님 두고는 못하여요.

아아, 잊히지 않는 생각보다

잊고자 하는 그것이 더욱 괴롭습니다.

길이 막혀

당신의 얼굴은 달도 아니언만

산 넘고 물 넘어 나의 마음을 비춥니다.

나의 손길은 왜 그리 짧아서

눈앞에 보이는 당신의 가슴을 못 만지나요.

당신이 오기로 못 올 것이 무엇이며

내가 가기로 못 갈 것이 없지마는

산에는 사다리가 없고

물에는 배가 없어요.

뉘라서 사다리를 떼고 배를 깨뜨렸습니까.

나는 보석으로 사다리 놓고 진주로 배 모아요.

오시려도 길이 막혀서 못 오시는 당신이 기루어요.

차
라
리

님이여, 오셔요. 오시지 아니하려면 차라리 가셔요. 가려다 오고 오려다 가는 것은 나에게 목숨을 빼앗고 죽음도 주지 않는 것입니다.

님이여, 나를 책망하려거든 차라리 큰소리로 말씀하여 주셔요. 침묵으로 책망하지 말고. 침묵으로 책망하는 것은 아픈 마음을 얼음바늘로 찌르는 것입니다.

님이여, 나를 아니 보려거든 차라리 눈을 돌려서 감으셔요. 흐르는 곁눈으로 흘겨보지 마셔요. 곁눈으로 흘겨보는 것은 사랑의 보(褓)에 가시의 선물을 싸서 주는 것입니다.

당신은

당신을 나를 보면 왜 늘 웃기만 하셔요. 당신의 찡그리는 얼굴을 좀 보고 싶은데.

나는 당신을 보고 찡그리기는 싫어요. 당신은 찡그리는 얼굴을 보기 싫어하실 줄을 압니다.

그러나 떨어진 도화가 날아서 당신의 입술을 스칠 때에 나는 이마가 찡그려지는 줄도 모르고 울고 싶었습니다.

그래서 금실로 수놓은 수건으로 얼굴을 가렸습니다.

당신은

밤은 고요하고

밤은 고요하고 방은 물로 씻은 듯합니다.

이불은 개인 채로 옆에 놓아두고 화롯불을 다듬거리고 앉았습니다.

밤은 얼마나 되었는지 화롯불은 꺼져서 찬 재가 되었습니다.

그러나 그를 사랑하는 나의 마음은 오히려 식지 아니하였습니다.

닭의 소리가 채 나기 전에 그를 만나서 무슨 말을 하였는데 꿈조차 분명치 않습니다, 그려.

사랑하는 까닭

내가 당신을 사랑하는 것은 까닭이 없는 것이 아닙니다.

다른 사람들은 나의 홍안(紅顔)만을 사랑하지마는 당신은 나의 백발(白髮)도 사랑하는 까닭입니다.

내가 당신을 그리워하는 것은 까닭이 없는 것이 아닙니다.

다른 사람들은 나의 미소만을 사랑하지마는 당신은 나의 눈물도 사랑하는 까닭입니다.

내가 당신을 기다리는 것은 까닭이 없는 것이 아닙니다.

다른 사람들은 나의 건강만을 사랑하지마는 당신은 나의 죽음도 사랑하는 까닭입니다.

이상화

李相和 1901.4.5.~1943.4.25.

「빼앗긴 들에도 봄은 오는가」라는 저항과 민족시로 널리 알려진 독립시인
이다. 1925년 8월에 조선프롤레타리아예술동맹(KAPF)의 창립회원으로
참여하였고, 이듬해 기관지 「문예운동」을 주관하기도 했다. 식민치하의 민
족적 비애와 일제에 항거하는 저항의식을 기조로 하여 시를 썼다.

빼앗긴 들에도 봄은 오는가

지금은 남의 땅, 빼앗긴 들에도 봄은 오는가?

나는 온몸에 햇살을 받고

푸른 하늘 푸른 들이 맞붙은 곳으로

가르마 같은 논길을 따라 꿈속을 가듯 걸어만 간다.

입술을 다문 하늘아 들아

내 맘에는 나 혼자 온 것 같지를 않구나.

네가 끌었느냐 누가 부르더냐 답답워라 말을 해다오.

바람은 내 귀에 속삭이며

한 자국도 섰지 마라 옷자락을 흔들고

종다리는 울타리 너머 아가씨같이 구름 뒤에서 반갑다 웃네.

고맙게 잘 자란 보리밭아

간밤 자정이 넘어 내리던 고운 비로

너는 삼단 같은 머리를 감았구나. 내 머리조차 가뿐하다.

이
상
화

혼자라도 가쁘게나 가자.

마른 논을 안고 도는 착한 도랑이

젖먹이 달래는 노래를 하고 제 혼자 어깨춤만 추고 가네.

나비 제비야 깝치지 마라.

맨드라미 들마꽃에도 인사를 해야지.

아주까리 기름을 바른 이가 지심 매던 그 들이라 다 보고 싶다.

내 손에 호미를 쥐어 다오.

살진 젖가슴 같은 부드러운 이 흙을

발목이 시도록 밟아도 보고 좋은 땀조차 흘리고 싶다.

강가에 나온 아이와 같이

짬도 모르고 끝도 없이 닫는 내 혼아

무엇을 찾느냐 어디로 가느냐 우습다 답을 하려무나.

나는 온몸에 풋내를 띠고

푸른 웃음 푸른 설움이 어우러진 사이로

다리를 절며 하루를 걷는다 아마도 봄 신령이 잡혔나 보다.

그러나 지금은 들을 빼앗겨 봄조차 빼앗기겠네.

이
상
화

빼앗긴 들에도 봄은 오는가

가장 비통한 기욕祈慾

— 간도 이민을 보고

아, 가도다, 가도다, 쫓겨가도다.

잊음 속에 있는 간도와 요동벌로

주린 목숨 움켜쥐고 쫓아가도다.

자갈을 밥으로 해채를 마셔도

마구나 가졌으면 단잠을 얽을 것을.

인간을 만든 검아 하루 일찍

차라리 주린 목숨을 뺏어가거라!

아, 사노라, 사노라, 취해 사노라,

자포 속에 있는 서울과 시골로

멍든 목숨 행여 갈까, 취해 사노라.

어둔 밤 말 없는 돌을 안고서

피울음 울어도 설움을 풀릴 것을.

인간을 만든 검아, 하루 일찍

차라리 취한 목숨, 죽여 버려라!

이상화

가장 비통한 기욕 祈慾 - 간도 이민을 보고

역천 逆天

이때야말로 이 나라의 보배로운 가을철이다.

더구나 그림도 같고 꿈과도 같은 좋은 밤이다.

초가을 열나흘 밤 열푸른 유리로 천장을 한 밤

거기서 달은 마중 왔다 얼굴을 쳐들고 별은 기다

린다 눈짓을 한다.

그리고 실낱같은 바람은 길을 끄으려 바래노라 이

따금 성화를 하지 않는가.

그러나 나는 오늘 밤에 좋아라 가고프지가 않다.

아니다, 나는 오늘 밤에 좋아라 보고프지도 않다.

이런 때 이런 밤 이 나라까지 복지게 보이는 저편

하늘을 햇살이 못 쪼이는 그 땅에 나서 가슴 밑바닥으로 못 웃어

본 나는 선뜻만 보아도

철모르는 나의 마음 홀아비 자식 아비를 따르듯 불 본 나비가 되어

꾀이는 얼굴과 같은 달에게로 웃는 이빨 같은 별에게로

앞도 모르고 뒤도 모르고 곤두치듯 줄달음질을 쳐서 가더니.

그리하야 지금 내가 어디서 무엇 때문에 이 짓을 하는지

그것조차 잊고서도 낮이나 밤이나 노닐 것이 두렵다.

걸림 없이 사는 듯하면서도 걸림뿐인 사람의 세상,

아름다운 때가 오면 아름다운 그때와 어울려 한 뭉텅이가 못 되

어지는 이 살이

꿈과도 같고 그림 같고 어린이 마음 위와 같은 나라가 있어

아무리 불러도 멋대로 못 가고 생각조차 못하게 지천을 떠는 이

설움

벙어리 같은 이 아픈 설움이 칡덩굴같이 몇 날 몇 해나 얽히어

틀어진다.

보아라 오늘 밤에 하늘이 사람 배반하는 줄 알았다.

아니다 오늘 밤에 사람이 하늘 배반하는 줄도 알았다.

역천 逆天

이
상
화

말세의 희탄 歎嘆

저녁의 피 묻은 동굴 속으로

아, 밑 없는 그 동굴 속으로

끝도 모르고

끝도 모르고

나는 거꾸러지련다,

나는 파묻히련다.

가을의 병든 미풍의 품에다

아, 꿈꾸는 미풍의 품에다

낮도 모르고

밤도 모르고

나는 술 취한 집을 세우련다

나는 속 아픈 웃음을 빚으련다.

말세의 희탄 欷嘆

독백

나는 살련다 나는 살련다.

바른 맘으로 살지 못하면 미쳐서도 살고 말련다.

남의 입에서 세상의 입에서

사람 영혼의 목숨까지 끊으려는

비웃음의 쌀이

내 송장의 불쌍스런 그 꼴 위로

소낙비같이 내려 쏟을지라도,

짓퍼부울지라도,

나는 살련다, 내 뜻대로 살련다.

그래도 살 수 없다면

나는 제 목숨이 아까운 줄 모르는

벙어리의 붉은 울음 속에서라도

살고는 말련다.

원한이란 이름도 얼굴도 모르는

장마 진 냇물의 여울 속에 빠져서 나는 살련다.

게서 팔과 다리를 허둥거리고

부끄럼 없이 몸살을 쳐보다

죽으면 죽으면 죽어서라도 살고는 말련다.

이
상
화

비음緋音 ─ 비음의 서사

이 세기를 몰고 넣는, 어둔 밤에서

다시 어둠을 꿈꾸노라 조는 조선의 밤.

망각 뭉텅이 같은, 이 밤 속으론

햇살이 비추어 오지도 못하고

하나님의 말씀이, 배부른 군소리로 들리노라.

낮에도 밤, 밤에도 밤.

그 밤의 어둠에서 스며난, 뒤지기 같은 신령은

광명의 목거지란 이름도 모르고

술 취한 장님이 먼 길을 가듯

비틀거리는 자국엔, 핏물이 흐른다!

이
상
화

비음 緋音 - 비음의 서사

빈촌의 밤

봉창 구멍으로

나른하여 조으노라.

깜작이는 호롱불

햇빛을 꺼리는 늙은 눈알처럼

세상 밖에서 앓는다, 앓는다.

아, 나의 마음은,

사람이란 이렇게도

광명을 그리는가.

담조차 못 가진 거적문 앞에를,

이르러 들으니, 울음이 돌더라.

조
소

두터운 이불을,

포개 덮어도,

아직 추운,

이 겨울밤에,

언 길을 밟고 가는

장돌림, 봇짐장수,

재 너머 마을,

저자 보러,

중얼거리며,

헐떡이는 숨결이,

아 —

나를 보고, 나를

비웃으며 지난다.

이
상
화

조소

선구자의 노래

나는 남 보기에 미친 사람이란다.
마는 내 알기엔 참된 사람이노라.

나를 아니꼽게 여길 이 세상에는
살려는 사람이 많기도 하여라.

오, 두려워라, 부끄러워라.
그들의 꽃다운 사리가 눈에 보인다.

행여나 내 목숨이 있기 때문에
그 살림을 못 살까. 아, 괴롭다.

내가 알음이 적은가, 모름이 많은가.
내가 너무나 어리석을가, 슬기로운가.

아무래도 내 하고저움은 미친 짓뿐이라.
남의 꿀 듣는 집을 문흘지 나도 모른다.

사람아, 미친 내 뒤를 따라만 오너라.
나는 미친 흥에 겨워 죽음도 뵈줄 테다.

선구자의 노래

조선병 朝鮮炳

어제나 오늘 보이는 사람마다 숨결이 막힌다.

오래간만에 만나는 반가움도 없이

참외꽃 같은 얼굴에 선웃음이 집을 짓더라.

눈보라 몰아치는 겨울 맛도 없이

고사리 같은 주먹에 진땀물이 굽이치더라.

저 하늘에다 봉창이나 뚫으랴 숨결이 막힌다.

이
상
화

조선병 朝鮮炳

통곡

하늘을 우러러

울기는 하여도

하늘이 그리워 울음이 아니다.

두 발을 못 뻗는 이 땅이 애달파

하늘을 흘기니

울음이 터진다.

해야 웃지 마라.

달도 뜨지 마라.

통곡

비
갠
아
침

밤이 새도록 퍼붓던 그 비도 그치고

동편 하늘이 이제야 불그레하다.

기다리는 듯 고요한 이 땅 위로

해는 점잖게 돋아 오른다.

눈부시는 이 땅

아름다운 이 땅

내야 세상이 너무도 밝고 깨끗해서

발을 내밀기가 황송만 하다.

해는 모든 것에게 젖을 주었나 보다.

동무여 보아라.

우리의 앞뒤로 있는 모든 것이

햇살의 가닥, 가닥을 잡고 빨지 않느냐.

이런 기쁨이 또 있으랴.

이런 좋은 일이 또 있으랴.

이 땅은 사랑뭉텅이 같구나.

아, 오늘의 우리 목숨은 복스러워도 보인다.

비 갠아침

눈이

오시

네

눈이 오시면

내 마음은 미치나니

내 마음은 달뜨나니

오, 눈 오시는 오늘 밤에

그리운 그이는 가시네.

그리운 그이는 가시고

눈은 자꾸 오시네.

눈이 오시면

내 마음은 달뜨나니

내 마음은 미치나니

오, 눈 오시는 이 밤에

그리운 그이는 가시네.

그리운 그이는 가시고

눈은 오시네.

단조
單調

비 오는 밤

가라앉은 하늘이 꿈꾸듯 어두워라.

나뭇잎마다에서

젖은 속살거림이

끊이지 않을 때일러라.

마음의 막다른

낡은 띠집에선

넌지 모르나 까닭도 없어라.

눈물 흘리는 적(笛) 소리만

가없는 마음으로

고요히 밤을 지우다.

저편에 늘어 서 있는

백양나무 숲의 살찐 그림자는

잊어버린 기억이 떠돎과 같이

단조 單調

침울, 몽롱한

캔버스 위에서 흐느끼다.

아, 야릇도 하여라.

야밤의 고요함은

내 가슴에도 깃들이다.

병아리 입술로

떠도는 침묵은

추억의 녹 낀 창을

죽일 숨 쉬며 엿보아라.

아, 자취도 없이

나를 껴안은

이 밤의 흩짐이 서러워라.

비 오는 밤

가라앉은 영혼이

죽은 듯 고요도 하여라.

내 생각의

거미줄 끝마다에서

젖은 속살거림은

줄곧 쉬지 않아라.

단조 單調

어머니의 웃음

날이 맛도록

온 데로 헤매노라.

나른한 몸으로도

시들픈 맘으로도

어둔 부엌에,

밥 짓는 어머니의

나보고 웃는 빙그레 웃음!

내 어려 젖 먹을 때

무릎 위에다,

나를 고이 안고서

늙음조차 모르던

그 웃음을 아직도

보는가 하니

외로움의 조금이

사라지고, 거기서

가는 기쁨이 비로소 온다.

어머니의 웃음

시인에게

한 편의 시 그것으로

새로운 세계 하나를 낳아야 할 줄 깨칠 그때라야

시인아 너의 존재가

비로소 우주에게 없지 못할 너로 알려질 것이다.

가뭄 든 논에게는 청개구리의 울음이 있어야 하듯.

새 세계란 속에서도

마음과 몸이 갈려 사는 줄풍류만 나와 보아라.

시인아 너의 목숨은

진저리나는 절름발이 노릇을 아직도 하는 것이다.

언제든지 일식된 해가 돋으면 뭣하며 진들 어떠랴.

시인아 너의 영광은

미친개 꼬리도 밟는 어린애의 짬 없는 그 마음이 되어

밤이라도 낮이라도

새 세계를 낳으려 손댄 자국이 시가 될 때에 있다.

촛불로 날아들어 죽어도 아름다운 나비를 보아라.

나는 해를 먹다

구름은 차림 옷에 놓기 알맞아 보이고

하늘은 바다같이 깊다란—하다.

한낮 뙤약볕이 쬐는지도 모르고

온몸이 아니 넋조차 깨운—아찔하여지도록

뼈 저리는 좋은 맛에 자지러지기는

보기 좋게 잘도 자란 과수원의 목거지다.

배추 속처럼 핏기 없는 얼굴에도

푸른빛이 비치어 생기를 띠고

더구나 가슴에는 깨끗한 가을 입김을 안은 채

능금을 부수노라 해를 지우나니.

나뭇가지를 더위잡고 발을 뻗기도 하면서

무성한 나뭇잎 속에 숨어 수줍어하는

탐스럽게 잘도 익은 과일을 찾아

위태로운 이 짓에 가슴을 조이는 이때의 마음 저 하늘같이 맑기

도 하다.

이
상
화

나는 해를 먹다

머리카락 같은 실바람이 아무리 나부껴도

메밀꽃밭에 춤추던 벌들이 아무리 울어도

지는 날 예쁜이를 그리어 살며시 눈물지는,

그런 생각은 꿈밖에 꿈으로도 보이지 않는다.

남의 과일밭에 몰래 들어가

험상스런 얼굴과 억센 주먹을 두려워하면서.

하나 둘 몰래 훔치던 어릴 적 철없던 마음이 다시 살아나자.

그립고 우습고 죄 없던 그 기쁨이 오늘에도 있다.

부드럽게 쌓여 있는 이랑의 흙은

솥뚜껑을 열고 밥 김을 맡는 듯 구수도 하고

나무에 달린 과일−푸른 그릇에 담긴 깍두기같이

입 안에 맑은 침을 자아내나니.

첫가을! 금호강 굽이쳐 흐르고

벼이삭 배부르게 늘어져 섰는

이 벌판 한가운데 주저앉아서

두 볼이 비자웁게 해 같은 능금을 나는 먹는다.

나는 해를 먹다

심훈

1901.9.12.~1936.9.16.

「그날이 오면」이라는 저항시로 널리 알려진 독립시인이자 소설가, 영화인
으로, 리얼리즘에 입각한 본격적인 농민문학의 장을 여는 데 크게 공헌한
것으로 평가받고 있다. 대표작으로는 '상록수', '영원의 미소'를 비롯하여
많은 소설이 있으며, 우리나라 최초의 영화소설 '탈춤' 등이 있다.

그날이 오면
나의 강산이여
봄의 서곡
통곡 속에서
짝 잃은 기러기
고독
풀밭에 누워서
고향은 그리워도 – 내 고향
첫눈
동우
선생님 생각
마음의 각인
잘 있거라 나의 서울이여
토막 생각 – 생활시
산에 오르라
조선은 술을 먹인다

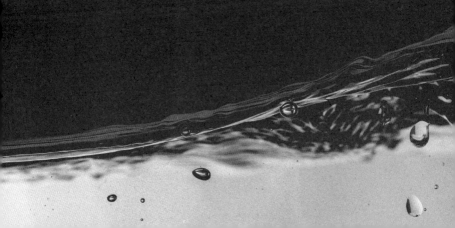

그
날
이

오
면

그날이 오면 그날이 오면은

삼각산이 일어나 더덩실춤이라도 추고

한강물이 뒤집혀 용솟음칠 그날이,

이 목숨이 끊기기 전에 와 주기만 할 양이면

나는 밤하늘에 나는 까마귀와 같이

종로의 인경(人磬)을 머리로 들이받아 올리오리다.

두개골은 깨어져 산산조각이 나도

기뻐서 죽사오매 오히려 무슨 한이 남으오리까.

심훈

그날이 와서, 오오, 그날이 와서

육조(六曹) 앞 넓은 길을 울며 뛰며 딩굴어도

그래도 넘치는 기쁨에 가슴이 미어질 듯하거든

드는 칼로 이 몸의 가죽이라도 벗겨서

커다란 북을 만들어 들쳐 메고는

여러분의 행렬에 앞장을 서오리다.

우렁찬 그 소리를 한번이라도 듣기만 하면

그 자리에 거꾸러져도 눈을 감겠소이다.

그날이 오면

나의 강산江山이여

높은 곳에 올라 이 땅을 굽어 보니
큰 봉우리와 작은 뫼뿌리의 어여쁨이여,
아지랑이 속으로 시선이 녹아다는 곳까지
오똑오똑 솟았다가는 굽이쳐 달리는 그 산줄기,
네 품에 안겨 뒹굴고 싶도록 아름답구나.

소나무 감송감송 목멱(木覓 : 남산)의 등어리는
젖 물고 어루만지던 어머니의 허리와 같고
삼각산은 적(敵)의 앞에 뽑아든 칼끝처럼
한번만 찌르면 먹장구름 쏟아질 듯이
아직도 네 기상이 늠름하구나.

에워싼 것이 바다로되 물결이 성내지 않고
샘과 시내로 가늘게 수놓았건만
그 물이 맑고 그 바다 푸르러서,
한 모금 마시면 한 백년이나 수(壽)를 할 듯
풍풍풍 솟아서는 넘쳐넘쳐 흐르는구나.

할아버지 주무시는 저 산기슭에
할미꽃이 졸고 뻐꾹새는 울어 예네.
사랑하는 그대여, 당신도 돌아만 가면
저 언덕 위에 편안히 묻어드리고
그 발치에 나도 누워 깊은 설움 잊으오리다.

바가지 쪽 걸머지고 집 떠난 형제,
거치른 발판에 강냉이 이삭을 줍는 자매여,
부디부디 백골이나마 이 흙 속에 돌아와 묻히소서.
오오, 바라다볼수록 아름다운 나의 강산(江山)이여!

봄의 서곡 序曲

동무여,

봄의 서곡을 아뢰라.

심금(心琴)엔 먼지 앉고 줄은 낡았으나마

그 줄이 가닥가닥 끊어지도록

새 봄의 해조(諧調)를 뜯으라!

그대의 가슴이 찢어질 듯 아픈 줄이야 어느 뉘가 모르랴.

그러나 그 아픔은 묵은 설움이

엉기어 붙은 영혼의 동통(疼痛)이 아니요,

입술을 깨물며 새로운 우리의 봄을

비춰내려는 창조의 고통이다.

진달래 동산에 새 소리 들리거든

너도 나도 즐거이 노래 부르자.

범나비 쌍쌍이 날아들거든

우리도 덩달아 어깨춤 추자.

밤낮으로 탄식만 한다고 우리 봄은 저절로 굴러들지

않으리니……

그대와 나,

개미떼처럼 한데 뭉쳐 땀을 흘리며 폐허를 지키고

굽히지 말고 싸우며 나가자.

우리의 역사는 눈물에 미끄러져

뒷걸음치지 않으리니……

동무여,

봄의 서곡을 아뢰라.

심금(心琴)엔 먼지 앉고 줄은 낡았으나마

그 줄이 가닥가닥 끊어지도록

닥쳐올 새 봄의 해조(諧調)를 뜯으라!

봄의 서곡 序曲

통곡 痛哭
속에서

큰 길에 넘치는 백의의 물결 속에서 울음소리 일어난다.

총검이 번득이고 군병의 발굽소리 소란한 곳에

분격한 무리는 몰리며 짓밟히며

땅에 엎디어 마지막 비명을 지른다.

땅을 두드리며 또 하늘을 우러러

외치는 소리 느껴 우는 소리 구소(九霄)에 사무친다.

검은 댕기 드린 소녀여,

눈송이 같이 소복 입은 소년이여,

그 무엇이 너희의 작은 가슴을

안타깝게도 설움에 떨게 하더냐.

그 뉘라서 저다지도 뜨거운 눈물을

어여쁜 너희의 두 눈으로 짜내라 하더냐?

가지마다 신록의 아지랑이가 피어오르고

종달새 시내를 따르는 즐거운 봄날에

어찌하여 너희는 벌써 기쁨의 노래를 잊어버렸는가?

천진한 너희의 행복마저 차마 어떤 사람이 빼앗아 가던가?

할아버지여! 할머니여!

통곡 痛哭 속에서

오직 무덤 속의 안식밖에 희망이 끊친 노인네여!

조팝에 주름잡힌 얼굴은 누르렀고 세고(世苦)에 등은 굽었거늘

창자를 쥐어짜며 애통하시는 양은 차마 뵙기 어렵소이다.

그치시지요, 그만 눈물을 거두시지요.

당신네들의 쇠잔한 백골이나마 편안히 묻히고자 하던 이 땅은

남의 「호미」가 샅샅이 파헤친 지 이미 오래어늘

지금의 피나게 우신들 한번 간 옛날이

다시 돌아올 줄 아십니까?

해마다 봄마다 새 주인은

인정전 벚꽃 그늘에 잔치를 베풀고

이화(梨花)의 휘장은 낡은 수레에 붙어

티끌만 날리는 폐허를 굴러다녀도,

일후(日後)란 뉘 있어 길이 서러나 하랴마는……

오오, 쫓겨가는 무리여.

쓰러져버린 한낱 우상 앞에 무릎을 꿇지 말라!

덧없는 인생 죽고야 마는 것이 우리의 숙명이어니!

한 사람의 돌아오지 못함을 굳이 서러워하지 말라,

그러나 오오, 그러나

철천의 한(恨)을 품은 청상의 설움이로되

이웃집 제단(祭壇)조차 무너져 하소연할 곳 없으니

목 맺혀 울고자 하나 눈물마저 말라붙은

억색(臆塞)한 가슴을 이 한날에 두드리며 울자!

이마로 흙을 비비며 눈으로 피를 뿜으며……

통곡 痛哭 속에서

짝 잃은 기러기

짝 잃은 기러기 새벽하늘에

외마디 소리 이끌며 별밭을 가(耕)네.

단 한 잠도 못 맺은 기나긴 겨울밤을

기러기 홀로 나 홀로 잠든 천지에 울며 헤매네.

허구한 날 밤이면 밤을

마음속으로 파고만 드는 그의 그림자,

덩이피에 벌룽거리는 사나이의 염통이

조그만 소녀의 손에 사로잡히고 말았네.

고독
孤獨

진종일 앓아누워 다녀간 것들 손꼽아 보자니

창살을 걸어간 햇발과 마당에 강아지 한 마리

두 손길 펴서 가슴에 얹은 채 임종 때를 생각해 보다.

그림자하고 단 둘이서만 지내는 살림이어늘

천장이 울리도록 그의 이름은 왜 불렀는고.

쥐라도 들었을세라 혼자서 얼굴 붉히네.

밤 깊어 첩첩히 닫힌 덧문 밖에 그 무엇이 뒤설레는고.

미닫이 열어젖히자 굴러드느니 낙엽 한 잎새.

마리맡에 어루만져 재우나 바스락거리며 잠은 안 자네.

값없는 눈물 흘리지 말자고 몇 번이나 맹세했던고

울음을 씹어서 웃음으로 삼키기도 한 버릇 되었으련만

밤중이면 이불 속에서 그 울음을 깨물어 죽이네.

고독 孤獨

풀밭에 누워서

가을날 풀밭에 누워서

우러러 보는 조선의 하늘은,

어쩌면 저다지도 맑고 푸르고 높을까요?

닦아놓은 거울인들 저보다 더 깨끗하오리까.

바라면 바라다볼수록

천리만리 생각이 아득하여

구름장을 타고 같이 떠도는 내 마음은,

애달프고 심란스럽기 비길 데 없소이다.

오늘도 만주벌에서는 몇 천 명이나 우리 동포가

놈들에게 쫓겨나 모진 악형까지 당하고

몇 십 명씩 묶여서 총을 맞고 거꾸러졌다는 소식!

거짓말이외다, 아무리 생각하여도 거짓말 같사외다.

고국의 하늘은 저다지도 맑고 푸르고 무심하거늘

같은 하늘 밑에서 그런 비극이 있었을 것 같지는 않소이다.

안땅에서 고생하는 사람들은 상팔자지요.

철창 속에서라도 이 맑은 공기를 호흡하고

이 명랑한 햇발을 죄어 볼 수나 있지 않습니까?

논두렁에 버티고 선 허재비처럼

찢어진 옷 걸치고 남의 농사에 손톱 발톱 닳리다가

풍년 든 벌판에서 총을 맞고 그 흙에 피를 흘리다니……

미쳐날 듯이 심란한 마음 걷잡을 길 없어서

다시금 우러르니 높고 맑고 새파란 가을 하늘이외다.

분한 생각 내뿜으면 저 하늘이 새빨갛게 물이 들 듯하외다!

풀밭에 누워서

고향은 그리워도 ─ 내 고향

나는 내 고향에 가지를 않소.

쫓겨난 지가 십년이나 되건만

한 번도 발을 들여놓지 않았소.

멀기만 한가, 고개 하나 너머건만

오라는 사람도 없거니와 무얼 보러 가겠소?

개나리 울타리에 꽃 피던 뒷동산은

허리가 잘려 문화주택이 서고

사당(祠堂) 헐린 자리엔 신사(神社)가 들어앉

았다니,

전하는 말만 들어도 기가 막히는데

내 발로 걸어가서 눈꼴이 틀려 어찌 보겠소?

나는 영영 가지를 않으리오.

5대(五代)가 내려오며 살던 내 고장이언만

비렁뱅이처럼 찾아가지는 않으려오.

후원(後苑)의 은행나무가 부둥켜안고

눈물을 지으려고 기어든단 말이요?

어느 누구를 만나려고 내가 가겠소?

잔뼈가 굵도록 정이 든 그 산과 그 들을

무슨 낯짝을 쳐들고 보더란 말이요?

번잡하던 식구는 거미같이 흩어졌는데

누가 내 손목을 잡고 옛날이야기나 해 줄상 싶소?

무얼 하려고 내가 그 땅을 다시 밟겠소?

손수 가꾸던 화단 아래 턱이나 고이고 앉아서

지나간 꿈의 자취나 더듬어 보라는 말이요?

추억의 날개나마 마음대로 펼치는 것을

그 날개마저 찢기면 어찌하겠소?

이대로 죽으면 죽었지 가지 않겠소.

빈 손 들고 터벌터벌 그 고개는 넘지 않겠소.

그 산과 그 들이 내닫듯이 반기고

우리 집 디딤돌에 내 신을 다시 벗기 전에

목을 매어 끌어도 내 고향엔 가지 않겠소.

고향은 그리워도 - 내 고향

첫눈

눈이 내립니다, 첫눈이 내립니다.

삼승버선 엎어 신고 사뿟사뿟 내려앉습니다.

논과 들과 초가집 용마루 위에

배꽃처럼 흩어져 송이송이 내려앉습니다.

조각조각 흩날리는 눈의 날개는

내 마음을 고이고이 덮어줍니다.

소복 입은 아가씨처럼 치맛자락 벌리고

구석구석 자리를 펴고 들어앉습니다.

그 눈이 녹습니다, 녹아내립니다.

남몰래 짓는 눈물이 속으로 흘러들 듯

내 마음이 뜨거워 그 눈이 녹습니다.

추녀 끝에, 내 가슴 속에, 줄줄이 흘러내립니다.

동우 冬雨

저 비가 줄기줄기 눈물일진대

세어보면 천만 줄기나 되엄즉허이,

단 한 줄기 내 눈물엔 베개만 젖지만

그 많은 눈물비엔 사태가 나지 않으랴.

남산인들 삼각산인들 허물어지지 않으랴.

야반에 기적소리!

고기에 주린 맹수의 으르렁대는 소리냐

우리네 젊은 사람의 울분을 뿜어내는 소리냐

저력 있는 그 소리에 주춧돌이 움직이니

구들장 밑에서 지진이나 터지지 않으려는가?

하늘과 땅이 맞붙어서 맷돌질이나 하기를

빌고 바라는 마음 몹시도 간절하건만

단 한 길 솟지도 못하는 가엾은 이 몸이여

달리다 뛰면 바단들 못 건느리만

걸음 발 타는 동안에 그 비가 너무나 차구나!

동우 冬雨

선생님 생각

날이 몹시도 춥습니다.

방 속에서 떠다 놓은 숭늉이 얼구요,

오늘밤엔 영하로도 이십 도나 된답니다.

선생님께서는 그 속에서 오죽이나 추우시리까?

얼음장같이 차디찬 마루방 위에

담요 자락으로 노쇠한 몸을 두르신

선생님의 그 모양 뵈옵는 듯합니다.

석탄을 한 아궁이나 지펴 넣은 온돌 위에서

홀로 딩굴며 생각하는 제 마음 속에

오싹오싹 소름이 돋습니다그려.

아아 무엇을 망설이고 진작 따르지 못했을까요?

남아 있어 자 한 몸은 편하고 부드러워도

가슴 속엔 성에가 슬고 눈물이 고드름 됩니다.

선생님 저희는 선생님보다 나이가 젊은데요,

어째서 벌써 혈관의 피가 말랐을까요?

이 한 밤엔 창 밖에 고구마 장수의 외치는 소리도

떨리다가는 길바닥에 얼어붙고

제 마음은 선생님의 신변에 엉기어 붙습니다.

그 마음이 스러져가는 화로 속에 깜박거리는

한 덩이 숯만치나 더웠으면 합니다.

선생님 생각

마음의 각인 烙印

마음 한복판에 속 깊이 찍혀진 각인을

몇 줄기 더운 눈물로 지워보려 하는가

칼끝으로 도려낸들 하나도 아닌 상처가 가시어질 것인가,

죽음은 홍소(哄笑)한다, 머리맡에 쭈그리고 앉아서……

자살한 사람의 시집을 어루만지다 밤은 깊어서

추녀 끝의 풍경 소리 내 상여 머리에 요령이 흔들리는 듯.

혼백은 시꺼면 바다 속에서 잠겨 자맥질하고

허무히 그림자 악어의 입을 벌리고

등어리에 소름을 끼얹는다.

쓰라린 기억을 되풀이하면서 살아가는 앞길은

행복이란 도깨비가 길라잡이 노릇을 한다.

꿈속에 웃다가 울고 울다가 웃고 어릿광대들

개미떼처럼 뒤를 따라 쳇바퀴를 돌고 도는 길……

「캄플」주사 한 대로 절맥(絕脈)되는 목숨을 이어보듯이

젊은이여 연애의 한 찰나에 목을 매달려는가?

혈관을 토막토막 끊으면 불이라도 붙을상 싶어도

불 꺼져 재만 남은 화로를 헤집는 마음이여!

모든 것이 모래밭 위에 소꿉장난이나 아닌 줄 알았다면

앞장을 서서 놈들과 걷고 틀어나 볼 것을,

길거리로 달려나가 실컷 분풀이나 할 것을,

아아, 지금에 희멀건 허공만이 내 눈 앞에 틔어 있을 뿐……

마음의 각인 恪印

잘 있거라 나의 서울이여

오오, 잘 있거라! 저주받은 도시여,

「폼페이」같이 폭삭 파묻히지도 못하고,

지진 때 동경처럼 활활 타보지는 못하는

꺼풀만 남은 도시여, 나의 서울이여!

성벽은 토막이 나고 문루(門樓)는 헐려

「해태」조차 주인 잃은 궁전을 지키지 못하며

반 천년이나 네 품속에 자라난 백성들은,

산으로 기어오르고 두더지처럼 토막 속을 파고 들거니

이제 젊은 사람까지 등을 밀려 너를 버리고 가는구나!

남산아 잘 있거라, 한강아 너도 잘 있거라.

너희만은 옛 모양을 길이길이 지켜다오!

그러나 이 길이 영원히 돌아오지 못하는 길이겠느냐

내 눈물이 마지막 너를 조상(弔喪)하는 눈물이겠느냐

오오, 빈사의 도시여, 나의 서울이여!

토막 생각

— 생활시

날마다 불러가는 아내의 배,

낳는 날부터 돈 들 것 꼽아보다가

손가락 못 편 채로 잠이 들었네.

뱃속에 꼬물거리는 조그만 생명

"네 대(代)에나 기를 펴고 잘 살아라!"

한 마디 축복밖에 선사할 게 없구나.

「아버지」 소리를 내 어찌 들으리.

나이 삼십에 해논 것 없고

물려줄 것이라곤 센징(鮮人)밖에 없구나.

급사의 봉투 속이 부럽던

월급날도 다시는 안 올 성싶다

그나마 실직하고 스무닷새 날.

전등 끊어가던 날 밤 촛불 밑에서

나어린 아내 눈물지며 하는 말

"시골 가 삽시다, 두더지처럼 흙이나 파먹게요."

토막 생각 - 생활시

오관(五官)으로 스며는 봄

가을 바람인 듯 몸서리쳐진다.

조선 팔도 어느 구석에 봄이 왔느냐.

불 꺼진 화로 헤집어

담배 꼬토리를 찾아내듯이

식어버린 정열을 더듬어 보는 봄저녁.

옥중에서 처자 잃고

길거리로 미쳐난 머리 긴 친구

밤마다 백화점 기웃거리며 휘파람 부네.

선술 한잔 내라는걸

주머니 뒤집어 털어 보이고

돌아서니 카페의 붉고 푸른 불.

그만하면 신경도 죽었으련만

알뜰한 신문만 펴들면

불끈불끈 주먹이 쥐어지네.

몇 백 년이나 묵어 구멍 뚫린 고목에도

가지마다 파릇파릇 새 엄이 돋네.

뿌리마저 썩지 않은 줄이야 파보지 않은들 모르리.

토막 생각 - 생활시

산에 오르라

젊은이여, 산에 오르라!

그대의 가슴은 우울(憂鬱)에 서리었노니

산 위에 올라 성대(聲帶)가 찢어지도록 소리 지르라.

봉우리와 멧부리가 그대 앞에 허리를 굽히면

어웅한 골짜기의 나무뿌린들 떨지 않으리.

젊은이여, 바다로 달리라!

청춘의 몸이 서리 맞은 풀잎처럼 시들려 하노니

그 몸을 솟쳐 풍덩실 창파(滄波)에 던지라.

남벽(藍碧)의 하늘과 물결 사이를 헤엄치는

자아(自我)가 얼마나 작고 또한 큰가를 느끼라.

젊은이여, 전원(田園)에 안기라!

그대는 이 땅의 흙냄새를 잊은지 오래 되나니

메마른 논바닥에 이마를 비비며 울어도 보라.

쇠쾅이 높이 들어 힘껏 지심(地心)을 두드리면

쿠웅하고 울릴지니 그 반향(反響)에 귀를 기울리라!

조선은 술을 먹인다

조선은 마음 약한 젊은 사람에게 술을 먹인다.

입을 벌리고 독한 술잔으로 들이붓는다.

그네들의 마음은 화장터의 새벽과 같이 쓸쓸하고

그네들의 생활은 해수욕장의 가을처럼 공허하여

그 마음, 그 생활에서 순간이라도 떠나고자 술을 마신다.

아편 대신으로, 죽음 대신으로 알코올을 삼킨다.

가는 곳마다 양조장이요, 골목마다 색주가다.

카페의 의자를 부수고 술잔을 깨뜨리는 사나이가

피를 아끼지 않는 조선의 테러리스트요,

파출소 문 앞에 오줌을 깔기는 주정꾼이

이 땅의 가장 용감한 반역이란 말이냐?

그렇다면 전봇대를 붙잡고 통곡하는 친구는

이 바닥의 비분(悲憤)을 독차지한 지사로구나.

아아, 조선은, 마음 약한 젊은 사람에게 술을 먹인다.

뜻이 굳지 못한 청춘들의 골(腦)를 녹이려 한다.

생재목(生材木)에 알코올을 끼얹어 태워버리려 한다.

김영랑

金永郎 1903.1.16.~1950.9.29.

「모란이 피기까지는」이라는 시로 널리 알려진 독립시인이다. 잘 다듬어진
언어로 섬세하고 영롱한 서정을 노래하며 정지용의 감각적인 기교, 김기
림의 주지적 경향과는 달리 순수서정시의 새로운 경지를 개척한 시인으로
평가 받고 있다. 1935년 첫째 시집인 《영랑시집》을 발표하였다.

모란이 피기까지는
독을 차고
정든 달
돌담에 속삭이는 햇발같이
언덕에 바로 누워
오매 단풍 들겄네
내 마음을 아실 이
춘향
거문고
시절이 가엾고 멀어라
한 줌 흙
겨레의 새해
발짓
어느 날 어느 때고
떠나가는 배
아파 누워 혼자 비노라

모란이 피기까지는

모란이 피기까지는

나는 아직 나의 봄을 기다리고 있을 테요.

모란이 뚝뚝 떨어져버린 날

나는 비로소 봄을 여읜 설움에 잠길 테요.

5월 어느 날 그 하루 무덥던 날

떨어져 누운 꽃잎마저 시들어 버리고는

천지에 모란은 자취도 없어지고

뻗쳐오르던 내 보람 서운케 무너졌으니

모란이 지고 말면 그뿐 내 한 해는 다 가고 말아

삼백 예순 날 하냥 섭섭해 우옵내다.

모란이 피기까지는

나는 아직 기다리고 있을 테요. 찬란한 슬픔의 봄을.

김영랑

독毒을 차고

내 가슴에 독을 찬 지 오래로다.

아직 아무도 해(害)한 일 없는 새로 뽑은 독

벗은 그 무서운 독 그만 흩어버리라 한다.

나는 그 독이 선뜻 벗도 해할지 모른다 위협하고.

독 안 차고 살아도 머지 않아 너 나 마주 가버리면

억만 세대(億萬世代)가 그 뒤로 흘러가고

나중에 땅덩이 모지라져 모래알이 될 것임을

「허무(虛無)한듸!」독은 차서 무엇하느냐고?

아! 내 세상에 태어났음을 원망 않고 보낸

어느 하루가 있었던가, 「허무한듸!」허나

앞뒤로 덤비는 이리 승냥이 바야흐로 내 마음을 노리매

내 산 채 짐승의 밥이 되어 찢기우고 할퀴우라 내맡긴 신세임을

나는 독을 차고 선선히 가리라.

막음 날(마직막 날) 내 외로운 혼(魂) 건지기 위하여.

김영랑

독毒을 차고

정든 달

황홀한 달빛

바다는 은장

천지는 꿈인 양

이리 고요하다.

부르면 내려올 듯

정든 달은

맑고 은은한 노래

울려날 듯

저 은장 위에

떨어진단들

달이야 설마

깨어질나고

떨어져 보라

저 달 어서 떨어지라

그 혼란스럼

아름다운 턴동 지동

후젓한 삼경

산 위에 홀히

꿈꾸는 바다

깨울 수 없다.

김영랑

정든 달

돌담에 속삭이는 햇발같이

돌담에 속삭이는 햇발같이

풀 아래 웃음 짓는 샘물같이

내 마음 고요히 고운 봄길 위에

오늘 하루 하늘을 우러르고 싶다.

새악시 볼에 떠오는 부끄럼같이

시의 가슴을 살포시 젖는 물결같이

보드레한 에메랄드 얕게 흐르는

실비단 하늘을 바라보고 싶다.

김영랑

언덕에 바로 누워

언덕에 바로 누워

아슬한 푸른 하늘 뜻없이 바래다가

나는 잊었습네 눈물 도는 노래를

그 하늘 아슬하여 너무도 아슬하여

이 몸이 서러운 줄 언덕이야 아시련만

마음의 가는 웃음 한 대라도 없더라냐.

아슬한 하늘 아래 귀여운 맘 질기운 맘

내 눈은 감기였데, 감기였데.

오—매, 단풍 들것네

"오—매, 단풍 들것네."
장광에 골 붉은 감잎 날아오아
누이는 놀란 듯이 치어다보며
"오—매, 단풍 들것네."

추석이 내일모레 기둘리니
바람이 자지어서 걱정이리
누이의 마음아 나를 보아라.
"오—매, 단풍 들것네."

김영랑

내 마음을 아실 이

내 마음을 아실 이

내 혼자 마음 날같이 아실 이

그래도 어데나 계실 것이면

내 마음에 때때로 어리우는 티끌과

속임 없는 눈물의 간곡한 방울방울

푸른 밤 고이 맺는 이슬 같은 보람을

보밴 듯 감추었다 내어 드리지.

아! 그립다.

내 혼자 마음 날같이 아실 이

꿈에나 아득히 보이는가.

향 맑은 옥돌에 불이 달아

사랑은 타기도 하오련만

불빛에 연긴 듯 희미론 마음은

사랑도 모르리 내 혼자 마음은

김영랑

내 마음을 아실 이

춘향

큰칼 쓰고 옥에 든 춘향이는

제 마음이 그리도 독했던가 놀래었다.

성문이 부서져도 이 악물고

사또를 노려보던 교만한 눈

그 옛날 성학사(成學士) 박팽년이

불 지짐에도 태연하였음을 알았었니라,

오! 일편단심

원통코 독한 마음 잠과 꿈을 이뤘으랴.

옥방(獄房) 첫날밤은 길고도 무서워라

설움이 사무치고 지쳐 쓰러지면

남강(南江)의 외론 혼(魂)은 불리어 나왔느니

논개! 어린 춘향을 꼭 안아

밤새워 마음과 살을 어루만지다

오! 일편단심

사랑이 무엇이기

정절이 무엇이기

그 때문에 꽃의 춘향 그만 옥사(獄死)한단말가

지네 구렁이 같은 변학도의

김영랑

춘향

흉측한 얼굴에 까무러쳐도

어린 가슴 달큼히 지켜주는 도련님 생각

오! 일편단심

상하고 멍둥 자리 마디마디 문지르며

눈물은 타고 남은 간을 젖어 내렸다

버들잎이 창살에 선뜻 스치는 날도

도련님 말방울 소리는 아니 들렸다

삼경(三更)을 세오다가 그는 고만 단장(斷腸)* 하다

두견이 울어 두견이 울어 남원 고을도 깨어지고

오! 일편 단심

깊은 겨울밤 비바람은 우루루루

피칠해논 옥 창살을 들이치는데

옥 죽음한 원귀들이 구석구석에 휙휙 울어

청절 춘향도 혼을 잃고 몸을 버려버렸다.

밤새도록 까무럭치고

해 돋을 녘 깨어나다

오! 일편단심

* 창자가 끊어질 정도로 슬픔

믿고 바라고 눈 아프게 보고 싶던 도련님이

죽기 전에 와주셨다 춘향은 살았구나.

쑥대머리 귀신 얼굴 된 춘향이 보고

이 도령은 잔인스레 웃었다 저 때문의 정절이

자랑스러워

"우리 집이 팍 망해서 상거지가 되었지야."

틀림없는 도련님 춘향은 원망도 안했니라

오! 일편단심

모진 춘향이 그 밤 새벽에 또 까무러쳐서는

영 다시 깨어나진 못했었다 두견은 울었건만

도련님 다시 뵈어 한을 풀었으나 살아날 가망은

아주 끊기고

온몸 푸른 맥도 홱 풀려버렸을 법

출도 끝에 어사는 춘향의 몸을 거두며 울다

"내 변가보다 잔인 무지하여 춘향을 죽였구나."

오! 일편단심

거문고

검은 벽에 기대선 채로

해가 스무 번 바뀌었는데

내 기린은 영영 울지를 못한다.

그 가슴을 퉁 흔들고 간 노인의 손

지금 어느 끝없는 향연에 높이 앉았으려니

당 위의 외론 기린이야 하마 잊어졌을나

바깥은 거친 들 이리떼만 몰려다니고

사람인 양 꾸민 잔나비떼들 쏘다 다니어

내 기린은 맘 둘 곳 몸 둘 곳 없어지다.

문 아주 굳이 닫고 벽에 기대선 채

해가 또 한 번 바뀌거늘

이 밤도 내 기린은 맘 놓고 울들 못한다.

김영랑

거문고

시절이 가엽고 멀어라

물 보면 흐르고

별 보면 또렷한

마음이 어이면 늙으뇨

흰 날에 한숨만

끝없이 떠돌던

시절이 가엽고 멀어라.

안스런 눈물에 안겨

흐튼 잎 쌓인 곳에 빗방울 드듯

늦김은 후줄근히 흘러흘러 가것만

그 밤을 홀히 안즈면

무심코 야윈 볼도 만져보느니

시들고 못 피인 꽃 어서 떨어지거라.

한
줌
흙

본시 평탄했을 마음 아니로다.
구지 톱질하여 산산 찢어졌노라.

풍경이 눈을 홀리지 못하고
사랑이 생각을 흐르지 못한다.

지쳐 원망도 않고 산다.

대체 내 노래는 어디로 갔느냐.
가장 거룩한 곳이 이 눈물만

아쉰 마음 끝내 못 빼앗고
주린 마음 끄득 못 배불리고

어차피 몸도 피로워졌다.
바삐 관에 못을 다져라.

아무려나 한 줌 흙이 되는구나.

한줌흙

겨레의 새해

해는 저물 적마다 그가 저지른 모든 일을 잊음의 큰

바다로 흘려보내지만

우리는 새해를 오직 보람으로 다시 맞이한다.

멀리 사천이백팔십일 년

흰 뫼에 흰 눈이 쌓인 그대로

겨레는 한결같이 늘고 커지도다.

일어나고 없어지고 온갖 살림은

구태여 캐내어 따질 것 없이

긴긴 반만년 통틀어 오롯했다.

사십 년 치욕은 한바탕 험한 꿈

사 년 쓰린 생각 아즉도 눈물이 돼

이 아침 이 가슴 정말 뻐근하거니

나라가 처음 만방평화의 큰 기둥 되고

백성이 인류 위해 큰일을 맡음이라.

긴 반만년 합쳐서 한 해로다.

새해 처음 맞는 겨레의 새해

미진한 대업 이루리라 거칠 것 없이 닫는 새해

이 첫날 겨레는 손 맞잡고 노래한다.

김영랑

겨레의 새해

발짓

건아한 낮의 소란 소리 풍겼는듸 금시 퇴락하는 양

묵은 벽지의 내음 그윽하고

저쯤 에사 걸려 있을 희멀끔한 달

한 자락 펴진 구름도 못 말어 놓은 바람이어니

묵근히 옮겨 딛는 밤의 검은 발짓만 고되인 넋을 짓밟누나.

아! 몇 날을 더 몇 날을

뛰어 본다리 날아 본다리

허잔한 풍경을 안고 고요히 선다.

김영랑

어느 날 어느 때고

어느 날 어느 때고

잘 가기 위하여

평안히 가기 위하여

몸이 비록

아프고 지칠지라도

마음 평안히

가기 위하여

일만 정성

모두어보리.

멋없이 봄은 살같이 떠나고

중년은 하 외로워도

이 허무에선 떠나야 될 것을

살이 삭삭

여미고 썰릴지라도

마음 평안히

가기 위하여

아! 이것

평생을 닦는 좁은 길.

김영랑

떠나가는 배

창랑에 잠방거리는 섬들을 길러

그대는 탈도 없이 태연스럽다.

마을을 휩쓸고 목숨 앗아간

간밤 풍랑도 가소롭구나.

아침 날빛에 돛 높이 달고

청산아 보란 듯 떠나가는 배

바람은 차고 물결은 치고

그대는 호령도 하실만하다.

떠나가는 배

아파 누워 혼자 비노라

아파 누워 혼자 비노라.

이대로 가진 못하느냐

비는 마음 그래도 거짓 있나

사잔 욕심 찾아도 보나

새삼스레 있을 리 없다

힘없고 느릿한 핏줄 하나

오! 그저 이슬같이

예사 고요히 지렴으나

저기 은해잎은 떠나른다.

김영랑

이육사

李陸史 1904.4.4.~1944.1.16.

「광야」라는 저항시로 널리 알려진 독립시인이다. 일제 강점기에 끝까지 민
족의 양심을 지키며 죽음으로써 일제에 항거한 시인이다. 대표작인 「광야」
와 「절정」에서 드러나듯이 그의 시는 식민지하의 민족적 비운을 소재로 삼
아 강렬한 저항 의지를 나타내고, 꺼지지 않는 민족정신을 장엄하게 노래
한 것이 특징이다.

광야

까마득한 날에

하늘이 처음 열리고

어데 닭 우는 소리 들렸으랴.

모든 산맥들이

바다를 연모(戀慕)해 휘달릴때도

참아 이곳을 범(氾)하던 못하였으리라.

끊임없는 광음(光陰)을

부지런한 계절이 피여선 지고

큰 강물이 비로소 길을 열었다.

지금 눈 나리고

매화향기 홀로 아득하니

내 여기 가난한 노래의 씨를 뿌려라.

다시 천고(千古)의 뒤에

백마타고 오는 초인이 있어

이 광야(曠野)에서 목놓아 부르게 하리라.

자야곡 子夜曲

수만호 빛이래야 할 내 고향이언만

노랑나비도 오잖은 무덤우에 이끼만 푸르러라.

슬픔도 자랑도 집어삼키는 검은 꿈

파이프엔 조용히 타오르는 꽃불도 향기론데

연기는 돛대처럼 나려 항구에 들고

옛날의 들창마다 눈동자엔 짜운 소금이 저려

바람 불고 눈보래 치잖으면 못살이라.

매운 술을 마셔 돌아가는 그림자 발자최소리

숨막힐 마음속에 어데 강물이 흐르느뇨

달은 강을 따르고 나는 차듸찬 강맘에 드리느라.

수만호 빛이래야 할 내 고향이언만

노랑나비도 오잖은 무덤우에 이끼만 푸르러라.

자야곡 子夜曲

노정기 路程記

목숨이란 마치 깨여진 배쪼각

여기저기 흩어져 마을이 구죽죽한 어촌보담 어설프고

삶의 틔끌만 오래묵은 포범(布帆)처럼 달아매였다.

남들은 기뻤다는 젊은 날이었것만

밤마다 내 꿈은 서해를 밀항(密航)하는 짱크와 같애

소금에 절고 조수에 부프러 올랐다.

항상 흐렸한밤 암초를 벗어나면 태풍과 싸워가고

전설에 읽어본 산호도(珊瑚島)는 구경도 못하는

그곳은 남십자성(南十字星)이 비쳐주도 않았다,

쫓기는 마음 지친 몸이길래

그리운 지평선을 한숨에 기오르면

시궁치는 열대식물처럼 발목을 오여쌌다.

새벽 밀물에 밀려온 거미이냐

다 삭아빠즌 소라 껍질에 나는 붙어 왔다,

먼 항구의 노정에 흘러간 생활을 들여다보며.

노정기 路程記

황혼

내 골방의 커텐을 걷고

정성된 마음으로 황혼을 맞아드리노니

바다의 흰 갈매기들 같이도

인간은 얼마나 외로운 것이냐.

황혼아 네 부드러운 손을 힘껏 내밀라.

내 뜨거운 입술을 맘대로 맞추어보련다.

그리고 네 품안에 안긴 모든 것에

나의 입술을 보내게 해다오.

저 십이성좌의 반짝이는 별들에게도

종ㅅ소리 저문 삼림(森林) 속 그윽한 수녀들에게도

시멘트 장판우 그 많은 수인(囚人)들에게도

의지 가지없는 그들의 심장이 얼마나 떨고 있는가.

고비사막을 걸어가는 낙타탄 행상대(行商隊)에게나

아프리카 녹음속 활 쏘는 토인들에게라도

황혼아 네 부드러운 품안에 안기는 동안이라도

지구의 반쪽만을 나의 타는 입술에 맡겨다오.

내 오월의 골방이 아늑도 하니

황혼아 내일도 또 저 푸른 커텐을 걷게 하겠지

암암(暗暗)히 사라지긴 시냇물 소리 같아서

한번 식어지면 다시는 돌아올 줄 모르나보다.

꽃

동방은 하늘도 다 끝나고

비 한 방울 나리잖는 그때에도

오히려 꽃은 빨갛게 피지 않는가

내 목숨을 꾸며 쉬임 없는 날이여.

북쪽 툰드라에도 찬 새벽은

눈 속 깊이 꽃 맹아리가 옴자거려

제비떼 까맣게 날라오길 기다리나니

마침내 저바리지 못할 약속이여

한 바다 복판 용솟음 치는 곳

바람껼 따라 타오르는 꽃성(城)에는

나비처럼 취(醉)하는 회상의 무리들아

오늘 내 여기서 너를 불러 보노라.

절정
絶頂

매운 계절의 채쭉에 갈겨

마침내 북방으로 휩쓸려오다.

하늘도 그만 지쳐 끝난 고원(高原)

서리빨 칼날진 그 우에서다

어데다 무릎을 꿇어야 하나

한발 재겨 디딜 곳조차 없다.

이러매 눈 감아 생각해 볼밖에

겨울은 강철로 된 무지갠가 보다.

이
육
사

절정 絶頂

청
포
도

내 고장 칠월은

청포도가 익어가는 시절.

이 마을 전설이 주절이주절이 열리고

먼데 하늘이 꿈꾸며 알알이 들어와 박혀

하늘밑 푸른 바다가 가슴을 열고

흰 돛단배가 곱게 밀려서 오면

내가 바라는 손님은 고달픈 몸으로

청포(靑袍)를 입고 찾아온다고 했으니

이
육
사

내 그를 맞아 이 포도를 따 먹으면

두 손은 함뿍 적셔도 좋으련

아이야, 우리 식탁엔 은쟁반에

하이얀 모시수건을 마련해두렴.

청포도

파초

항상 앓는 숨결이 오늘은

해월(海月)처럼 게을러 은빛 물결에 뜨나니

파초(芭蕉) 너의 푸른 옷깃을 들어

이닷 타는 입술을 추겨주렴.

그 옛적 사라센의 마지막 날엔

기약(期約)없이 흩어진 두날 넋이었어라

젊은 여인들의 잡아 못논 소매끝엔

고은 소금조차 아즉 꿈을 짜는데

먼 성좌(星座)와 새로운 꽃들을 볼 때마다

잊었던 계절을 몇 번 눈우에 그렸느뇨.

차라리 천년 뒤 이 가을밤 나와 함께

비ㅅ소리는 얼마나 긴가 재어보자.

그리고 새벽하늘 어데 무지개 서면

무지개 밝고 다시 끝없이 헤어지세.

이
육
사

파초

일식

쟁반에 먹물을 담아 비쳐본 어린날

불개는 그만 하나밖에 없는 내 날을 먹었다.

날과 땅이 한줄우에 돈다는 고 순간만이라도

차라리 헛말이기를 밤마다 정녕 빌어도 보았다.

마침내 가슴은 동굴(洞窟)보다 어두워 설래인고녀

다만 한봉오리 피려는 장미 벌레가 좀치렸다.

그래서 더 예쁘고 진정 덧없지 아니하냐

또 어데 다른 하날을 얻어

이슬 젖은 별빛에 가꾸런다.

일식

소년에게

차듸찬 아침이슬

진주가 빛나는 못가

연꽃 하나 다복히 피고

소년아 네가 낳다니

맑은 넋에 깃드려

박꽃처럼 자랐세라.

큰강 목놓아 흘러

여울은 흰 돌쪽마다

소리 석양을 새기고

너는 준마(駿馬) 달리며

죽도(竹刀) 져 곧은 기운을

목숨같이 사랑했거늘

거리를 쫓아 단여도

분수(噴水) 있는 풍경 속에

동상답게 서봐도 좋다.

서풍 뺨을 스치고

하늘 한가 구름 뜨는 곳

희고 푸른 지음을 노래하며

그래 가락은 흔들리고

별들 춥다 얼어붙고

너조차 미친들 어떠랴.

이
육
사

소년에게

한 개의 별을 노래하자

한 개의 별을 노래하자. 꼭 한 개의 별을
십이성좌 그 숱한 별을 어찌나 노래하겠니.

꼭 한 개의 별! 아침 날 때 보고 저녁 들 때도 보는 별
우리들과 아주 친하고 그 중 빛나는 별을 노래하자.
아름다운 미래를 꾸며 볼 동방의 큰 별을 가지자.

한 개의 별을 가지는 건 한 개의 지구를 갖는 것
아롱진 설움밖에 잃을 것도 없는 낡은 이 땅에서

한 개의 새로운 지구를 차지할 오는 날의 기쁜 노래를
목 안에 핏대를 올려가며 마음껏 불러 보자.

처녀의 눈동자를 느끼며 돌아가는 군수야업(軍需夜業)의 젊은 동
무들
푸른 샘을 그리는 고달픈 사막의 행상대(行商隊)도 마음을 축여라.
화전(火田)에 돌을 줍는 백성들도 옥야천리(沃野千里)를 차지하자.

다 같이 제멋에 알맞은 풍양(豊穰)한 지구의 주재자(主宰者)로
임자 없는 한 개의 별을 가질 노래를 부르자.

한 개의 별 한 개의 지구 단단히 다져진 그 땅 위에
모든 생산의 씨를 우리의 손으로 휘뿌려 보자.
양속처럼 찬란한 열매를 거두는 찬연(餐宴)엔
예의에 끄림없는 반취(半醉)의 노래라도 불러보자.

염리한 사람들을 다스리는 신(神)이란 항상 거룩합시니
새 별을 찾아가는 이민들의 그 틈에 안 끼어 갈 테니
새로운 지구엔 단죄 없는 노래를 진주처럼 흩이자.

한 개의 별을 노래하자. 다만 한 개의 별일망정
한 개 또 한 개의 십이성좌 모든 별을 노래하자.

한 개의 별을 노래하자

초가

구겨진 하늘은 묵은 얘기책을 편 듯

돌담울이 고성(古城)같이 둘러싼 산기슭

박쥐 나래 밑에 황혼이 묻혀오면

초가 집집마다 호롱불이 켜지고

고향을 그린 묵화 한 폭이 좀이 쳐.

띄엄띄엄 보이는 그림 조각은

앞밭에 보리밭에 말매나물 캐러 간

가시내는 가시내와 종달새 소리에 반해

빈 바구니 차고 오긴 너무도 부끄러워

술래짠 두 뺨 위에 모매꽃이 피었고.

그네 줄에 비가 오면 풍년이 든다더니

앞내강에 씨레나무 밀려나리면

젊은이는 젊은이와 뗏목을 타고

돈 벌러 항구로 흘러 간 몇 달에

서릿발 잎겨도 못 오면 바람이 분다.

피로 가꾼 이삭에 참새로 날아가고

곰처럼 어린 놈이 북극(北極)을 꿈꾸는데

늙은이는 늙은이와 싸우는 입김도

벽에 서려 성애 끼는 한겨울 밤은

동리의 밀고자인 강물조차 얼붙는다.

호수

내여달리고 저운 마음이련마는

바람 씻은 듯 다시 명상(瞑想)하는 눈동자

때로 백조를 불러 휘날려보기도 하것만

그만 기슭을 안고 돌아누어 흑흑 느끼는 밤

희미한 별 그림자를 씹어 놓이는 동안

자주ㅅ빛 안개 가벼운 명모(瞑帽)같이 나려씨운다.

호수

반
묘
斑猫

어느 사막의 나라 유폐(幽閉)된 후궁의 넋이기에
몸과 마음도 아롱져 근심스러워라.

칠색 바다를 건너서 와도 그냥 눈동자에
고향의 황혼을 간직해 서럽지 안뇨.

사람의 품에 깃들면 등을 굽히는 짓새
산맥을 느낄사록 끝없이 게을너라.

그 적은 포효는 어느 조선(祖先)때 유전이길래
마노(瑪瑙)의 노래야 한층 더 잔조우리라.

그보다 뜰안에 흰나비 나직이 날라올땐
한낮의 태양과 튜립 한송이 지컴직하고

반묘 斑猫

교목 喬木

푸른 하늘에 닿을 듯이

세월에 불타고 우뚝 남아서서

차라리 봄도 꽃피진 말아라.

낡은 거미집 휘두르고

끝없는 꿈길에 혼자 설내이는

마음은 아예 뉘우침 아니라.

검은 그림자 쓸쓸하면

마침내 호수(湖水)속 깊이 거꾸러져

차마 바람도 흔들진 못해라.

이
육
사

교목 喬木

아편
雅片

나릿한 남만(南蠻)의 밤

번제(燔祭)의 두렛불 타오르고

옥돌보다 찬 넋이 있어

홍역(紅疫)이 만발하는 거리로 쏠려

거리엔 노아의 홍수 넘쳐나고

위태한 섬 위에 빛난 별 하나

너는 고 알몸동아리 향기를

봄마다 바람 실은 돛대처럼 오라.

무지개 같이 황홀한 삶의 광영

죄와 곁들여도 삶즉한 누리.

이
육
사

아편 雅片

서울

어떤 시골이라도 어린애들은 있어 고놈들 꿈결조차

잊지 못할 자랑 속에 피어나 황홀하기 장밋빛 바다였다

밤마다 야광충(夜光忠)들의 고운 볼 아래 모여서

영화로운 잔치와 쉴 새 없는 해조(諧調)에 따라 푸른 하늘을 꾀

했다는 이야기.

왼 누리의 심장을 거기에 느껴 보겠다고 모든 길과 길들

핏줄같이 엉클어서 역마다 느릅나무가 늘어서고.

긴 세월이 맴도는 그 판에 고추 먹고 뱅―뱅 찔레 먹고 뱅―뱅 넘

어지면 맘모스의 해골처럼 흐르는 인광(燐光) 길다랗게.

개아미 마치 개아미다 젊은 놈들 겁이 잔뜩 나 차마 차마하는 마

음은 널 원망에 비겨 잊을 것이었다 깍쟁이.

언제나 여름이 오면 황혼의 이 뿔따귀 저 뿔따귀에 한 줄씩 걸쳐

매고 짐짓 창공에 노려대는 거미집이다 텅 비인.

제발 바람이 세차게 불거든 케케묵은 먼지를 눈보라마냥 날려라

녹아내리면 개천에 고놈 살무사들 승천을 할는지.

서울

윤동주

尹東柱 1917.12.30.~1945.2.16.

「서시」, 「별 헤는 밤」으로 우리에게 가장 친숙한 영원한 청년시인이자 독립
시인이다. 엄혹한 시대를 짧게 살다간 그는 인간의 삶과 고뇌를 사색하고
일제의 강압에 고통 받는 조국의 현실을 가슴 아파하며 진지하게 고민하
였다. 이러한 사상은 그의 시 행간 행간에 그대로 반영되어 있다.

간
자화상
돌아와 보는 밤
서시
길
별헤는 밤
참회록
또 다른 고향
십자가
봄
병원
쉽게 씌어진 시
산골물
새벽이 올 때까지
아우의 인상화
무서운 시간
눈 감고 간다

간
肝

바닷가 햇빛 바른 바위 우에

습한 간을 펴서 말리우자,

코카서스 산중에서 도망해온 토끼처럼

둘러리를 빙빙 돌며 간을 지키자,

내가 오래 기르든 여윈 독수리야!

와서 뜯어먹어라, 시름없이

너는 살지고

나는 여위여야지, 그러나,

거북이야!

다시는 용궁의 유혹에 안 떨어진다.

프로메테우스 불쌍한 프로메테우스

불 도적한 죄로 목에 맷돌을 달고

끝없이 침전하는 프로메테우스.

간 肝

자화상 自畫像

산모퉁이를 돌아 논가 외딴 우물을 홀로 찾아가선
가만히 들여다봅니다.

우물 속에는 달이 밝고 구름이 흐르고 하늘이
펼치고 파아란 바람이 불고 가을이 있습니다.

그리고 한 사나이가 있습니다.
어쩐지 그 사나이가 미워져 돌아갑니다.

돌아가다 생각하니 그 사나이가 가엾어집니다.
도로 가 들여다보니 사나이는 그대로 있습니다.

다시 그 사나이가 미워져 돌아갑니다.
돌아가다 생각하니 그 사나이가 그리워집니다.

우물 속에는 달이 밝고 구름이 흐르고 하늘이
펼치고 파아란 바람이 불고 가을이 있고
추억(追憶)처럼 사나이가 있습니다.

윤동주

자화상 自畵像

돌아와 보는 밤

세상으로부터 돌아오듯이 이제 내 좁은 방에 돌아와 불을 끄옵니다. 불을 켜두는 것은 너무나 괴로운 일이옵니다. 그것은 낮의 연장(延長)이옵기에―

이제 창(窓)을 열어 공기를 바꾸어 들여야 할 텐데 밖을 가만히 내다보아야 방 안과 같이 어두워 꼭 세상 같은데 비를 맞고 오던 길이 그대로 비 속에 젖어 있사옵니다.

하루의 울분을 씻을 바 없어 가만히 눈을 감으면 마음 속으로 흐르는 소리, 이제, 사상(思想)이 능금처럼 저절로 익어 가옵니다.

윤동주

돌아와 보는 밤

서시
序詩

죽는 날까지 하늘을 우러러

한 점 부끄럼이 없기를,

잎새에 이는 바람에도

나는 괴로워했다.

별을 노래하는 마음으로

모든 죽어가는 것을 사랑해야지

그리고 나한테 주어진 길을

걸어가야겠다.

오늘 밤에도 별이 바람에 스치운다.

윤동주

서시 序詩

길

잃어 버렸습니다.
무얼 어디다 잃었는지 몰라
두 손이 주머니를 더듬어
길게 나아갑니다.

돌과 돌과 돌이 끝없이 연달어
길은 돌담을 끼고 갑니다.

담은 쇠문을 굳게 닫어
길 위에 긴 그림자를 드리우고

길은 아침에서 저녁으로
저녁에서 아침으로 통했습니다.

돌담을 더듬어 눈물 짓다
쳐다보면 하늘은 부끄럽게 푸릅니다.

풀 한포기 없는 이 길을 걷는 것은
담 저쪽에 내가 남어 있는 까닭이고,

내가 사는 것은, 다만,
잃은 것을 찾는 까닭입니다.

길

별 헤는 밤

계절이 지나가는 하늘에는

가을로 가득 차 있습니다.

나는 아무 걱정도 없이

가을 속의 별들을 다 헤일 듯합니다.

가슴 속에 하나 둘 새겨지는 별을

이제 다 못 헤는 것은

쉬이 아침이 오는 까닭이오,

내일 밤이 남은 까닭이오,

아직 나의 청춘이 다하지 않은 까닭입니다.

별 하나에 추억과

별 하나에 사랑과

별 하나에 쓸쓸함과

별 하나에 동경과

별 하나에 시와

별 하나에 어머니, 어머니,

어머님, 나는 별 하나에 아름다운 말 한마디씩 불러봅니다. 소

윤동주

별 헤는 밤

학교 때 책상을 같이 했던 아이들의 이름과 패, 경, 옥 이런 이국 소녀들의 이름과, 벌써 애기 어머니 된 계집애들의 이름과, 가난한 이웃 사람들의 이름과, 비둘기, 강아지, 토끼, 노새, 노루, 프랑시스 잠, 라이너 마리아 릴케, 이런 시인의 이름을 불러 봅니다.

이네들은 너무나 멀리 있습니다.
별이 아스라이 멀듯이.
어머님,
그리고 당신은 멀리 북간도에 계십니다.

나는 무엇인지 그리워
이 많은 별빛이 내린 언덕 우에
내 이름자를 써 보고,
흙으로 덮어 버리었습니다.

따는 밤을 새워 우는 버레는
부끄러운 이름을 슬퍼하는 까닭입니다.

그러나 겨울이 지나고 나의 별에도 봄이 오면

무덤 우에 파란 잔디가 피어나듯이

내 이름자 묻힌 언덕 우에도

자랑처럼 풀이 무성할 거외다.

별 헤는 밤

참회록

懺悔錄

파란 녹이 낀 구리거울 속에

내 얼골이 남어 있는 것은

어느 왕조의 유물이기에

이다지도 욕될까

나는 나의 참회의 글을 한 줄에 줄이자

─ 만 이십사 년 일 개월을

무슨 기쁨을 바라 살어 왔든가

내일이나 모레나 그 어느 즐거운 날에

나는 또 한 줄의 참회록을 써야한다.

─ 그때 그 젊은 나이에

왜 그런 부끄런 고백을 했든가

밤이면 밤마다 나의 거울을

손바닥으로 발바닥으로 닦어 보자.

그러면 어느 운석(隕石) 밑으로 홀로 걸어가는

슬픈 사람의 뒷모양이

거울 속에 나타나온다.

윤동주

참회록 懺悔錄

또 다른 고향

고향에 돌아온 날 밤에
내 백골(白骨)이 따라와 한 방에 누웠다.

어둔 방은 우주로 통하고
하늘에선가 소리처럼 바람이 불어온다.

어둠 속에서 곱게 풍화작용하는
백골을 들여다보며
눈물 짓는 것이 내가 우는 것이냐
백골이 우는 것이냐
아름다운 혼(魂)이 우는 것이냐?

지조 높은 개는
밤을 새워 어둠을 짖는다.

어둠을 짖는 개는
나를 쫓는 것일 게다.

가자 가자
쫓기우는 사람처럼 가자.
백골 몰래
아름다운 또 다른 고향에 가자.

또 다른 고향

십자가

十字架

쫓아오던 햇빛인데

지금 교회당 꼭대기

십자가에 걸리었습니다.

첨탑이 저렇게도 높은데

어떻게 올라갈 수 있을까요.

종소리 들려오지 않는데,

휘파람이나 불며 서성거리다가,

괴로웠던 사나이,

행복한 예수 그리스도에게처럼

십자가가 허락된다면

목아지를 드리우고

꽃처럼 피어나는 피를

어두워가는 하늘 밑에

조용히 흘리겠습니다.

윤동주

십자가 十字架

봄

봄이 혈관속에 시내처럼 흘러

돌, 돌, 시내 가차운 언덕에

개나리, 진달래, 노오란 배추꽃

삼동(三冬)을 참어온 나는

풀포기처럼 피어난다.

즐거운 종달새야

어느 이랑에서 즐거웁게 솟쳐라.

푸르른 하늘은

아른아른 높기도 한데……

병원
病院

살구나무 그늘로 얼골을 가리고 병원 뒤뜰에 누워, 젊은 여자가 흰옷 아래로 하얀 다리를 내려놓고 일광욕을 한다. 한나절이 기울도록 가슴을 앓는다는 이 여자를 찾어 오는 이, 나비 한 마리도 없다. 슬프지도 않은 살구나무 가지에는 바람조차 없다.

나도 모를 아픔을 오래 참다 처음으로 이곳에 찾어 왔다. 그러나 나의 늙은 의사는 젊은이의 병을 모른다. 나한테는 병이 없다고 한다. 이 지나친 시련, 이 지나친 피로, 나는 성내서는 안 된다.

여자는 자리에서 일어나 옷깃을 여미고 화단에서 금잔화 한 포기를 따 가슴에 꼽고 병실 안으로 사라진다. 나는 그 여자의 건강이, 아니 내 건강도 속히 회복되기를 바라며 그가 누웠던 그 자리에 누워본다.

윤동주

병원 病院

쉽게 씌어진 시詩

창 밖에 밤비가 속살거려
육첩방은 남의 나라,

시인이란 슬픈 천명(天命)인줄 알면서도
한 줄 시를 적어 볼까,

땀내와 사랑내 포근히 품긴
보내주신 학비 봉투를 받아

대학 노-트를 끼고

늙은 교수의 강의 들으러 간다.

생각해 보면 어릴 때 동무들

하나, 둘, 죄다 잃어버리고

나는 무얼 바라

나는 다만, 홀로 침전하는 것일까?

인생은 살기 어렵다는데

시가 이렇게 쉽게 씌어지는 것은

부끄러운 일이다.

윤동주

육첩방은 남의 나라

창밖에 밤비가 속살거리는데,

등불을 밝혀 어둠은 조곰 내몰고,

시대처럼 올 아침을 기다리는 최후의 나,

나는 나에게 적은 손을 내밀어

눈물과 위안으로 잡는 최초의 악수.

쉽게 씌어진 시 詩

산골물

괴로운 사람아 괴로운 사람아

옷자락 물결 속에서도

가슴속 깊이 돌돌 샘물이 흘러

이 밤을 더불어 말할 이 없도다.

거리의 소음과 노래 부를 수 없도다.

그신듯이 냇가에 앉았으니

사랑과 일을 거리에 매끼고

가만히 가만히

바다로 가자,

바다로 가자,

윤동주

산골물

새벽이 올 때까지

다들 죽어가는 사람들에게

검은 옷을 입히시오.

다들 살아가는 사람들에게

흰옷을 입히시오.

그리고 한 침대에

가즈런히 잠을 재우시오.

다들 울거들랑

젖을 먹이시오.

이제 새벽이 오면

나팔 소리 들려올 게외다.

윤동주

새벽이 올 때까지

아우의 인상화 印象畵

붉은 이마에 싸늘한 달이 서리어

아우의 얼골은 슬픈 그림이다.

발걸음을 멈추어

살그머니 애딘 손을 잡으며

"늬는 자라 무엇이 되려니?"

"사람이 되지."

아우의 설은 진정코 설은 대답이다.

슬며시 잡았든 손을 놓고

아우의 얼골을 다시 들여다본다.

싸늘한 달이 붉은 이마에 젖어

아우의 얼골은 슬픈 그림이다.

윤동주

아우의 인상화 印象畵

무서운 시간

거 나를 부르는 것이 누구요,

가랑잎 잎파리 푸르러 나오는 그늘인데,
나 아직 여기 호흡이 남아있소.

한번도 손들어 보지 못한 나를
손들어 표할 하늘도 없는 나를

어디에 내 한 몸 둘 하늘이 있어
나를 부르는 것이오.

일을 마치고 내 죽는 날 아침에는
서럽지도 않은 가랑잎이 떨어질텐데……

나를 부르지 마오.

윤동주

무서운 시간

눈 감고 간다

태양을 사모하는 아이들아

별을 사랑하는 아이들아

밤이 어두웠는데

눈 감고 가거라.

가진 바 씨앗을

뿌리면서 가거라.

발부리에 돌이 채이거든

감았던 눈을 와짝 떠라.

윤동주

눈 감고 간다

독립운동 100주년 시집

님의 침묵, 빼앗긴 들에도 봄은 오는가, 그날이 오면, 모란이 피기까지는, 광야, 쉽게 씌어진 시

초판 1쇄 발행   2019년 2월 20일
초판 8쇄 발행   2021년 11월 15일

지은이   한용운 · 이상화 · 심훈 · 김영랑 · 이육사 · 윤동주
펴낸이   김상철
발행처   스타북스
등록번호 제300-2006-00104호
주소   서울시 종로구 종로 19 르메이에르종로타운 B동 920호
전화   02) 735-1312
팩스   02) 735-5501
이메일   starbooks22@naver.com
ISBN   979-11-5795-446-9 03800